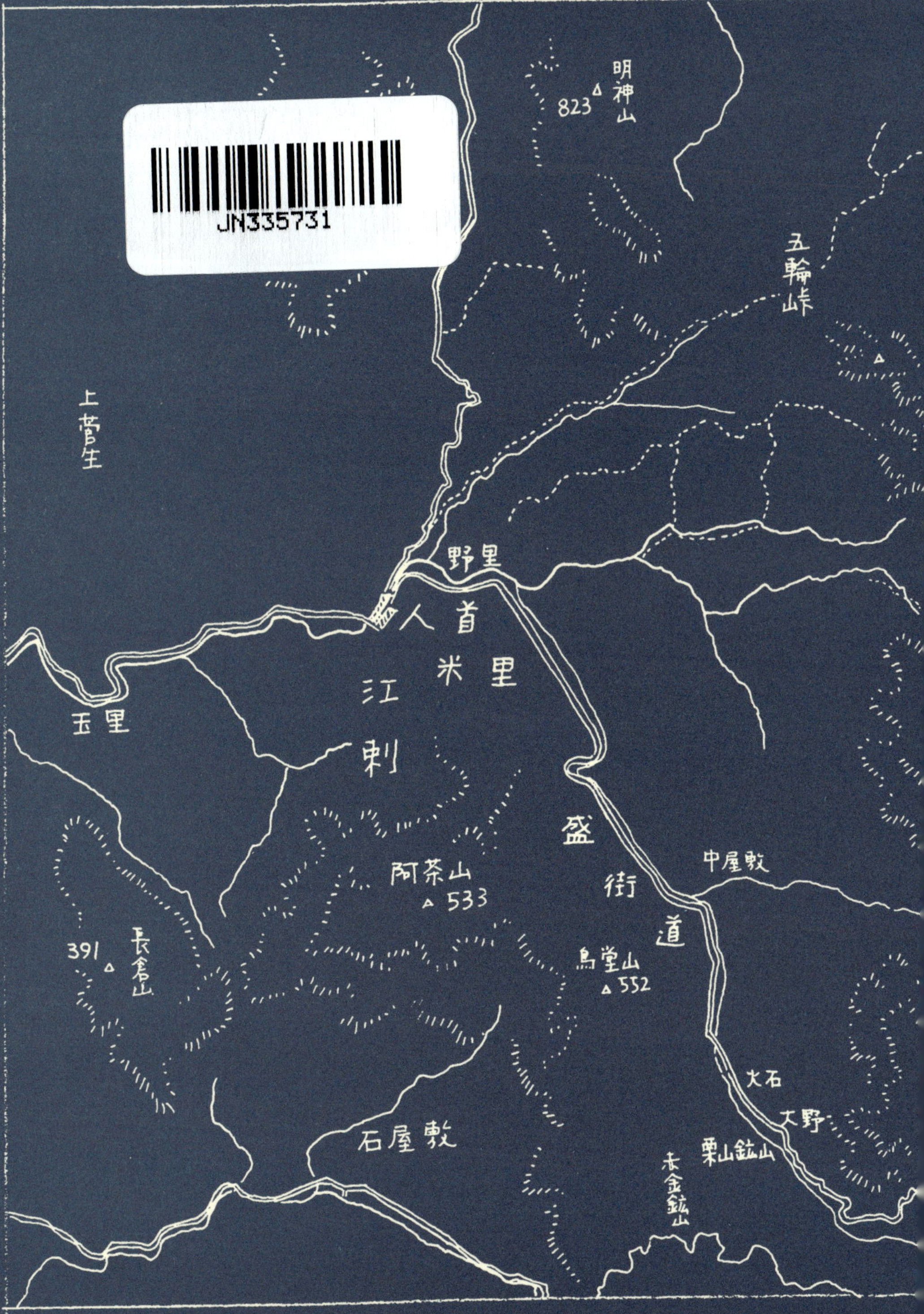
明神山
823
五輪峠
上萱生
野里
人首
米里
江刺
玉里
盛街道
中屋敷
阿茶山
533
391
長倉山
鳥堂山
552
大石
大野
栗山鉱山
赤金鉱山
石屋敷

宮沢賢治の歩いた道

金子民雄

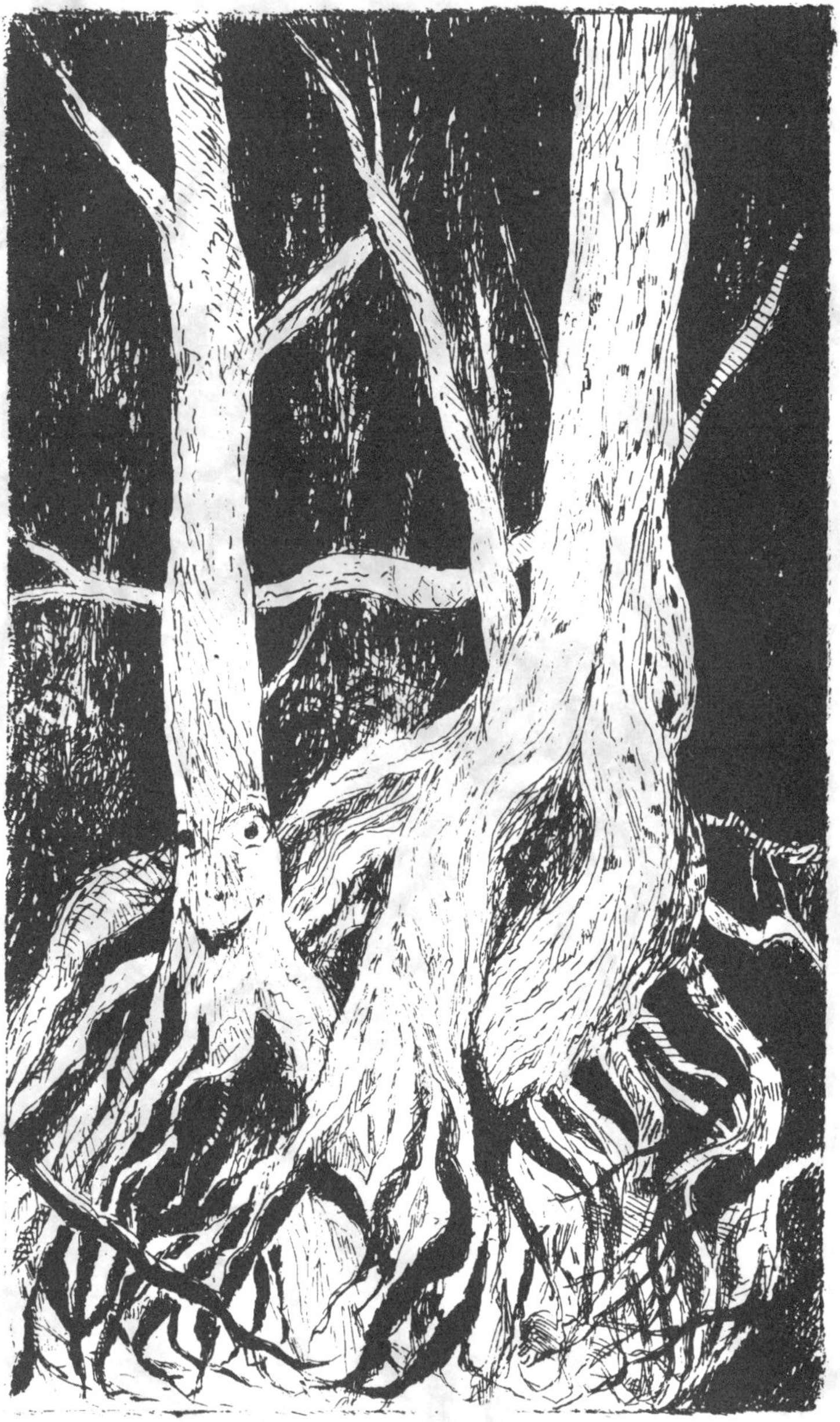

れんが書房新社

まえがき

宮沢賢治については、これまでにもおびただしい書物が出版されているので、いまさら改めて世に問う意味があるのかどうか、散々躊躇された。ただ本書は、すでに三十年以上昔に出した、宮沢賢治の童話と詩の舞台を扱った『山と森の旅』『山と雲の旅』の続編として出すつもりで書き留めてあったものである。原稿の大半はずっと以前に完成していたのであったが、いろいろな事情が重なって、とうとう現在まで印刷される機会にめぐまれなかった。

本書は前作と同じように、賢治が故郷をイーハトーヴと呼んだ岩手県の山野をめぐり、その題材の源となった舞台を探訪し、紹介しようとしたものである。ただ一九六〇年代には、こういった発想はほとんど人の関心を引くことがなく、意味のないことだと批判を受けることが少なくなかった。話をしても軽蔑されるか冷たくあしらわれるのがせいぜいで、なかには露骨にはっきりと侮辱されることもなくはなかった。しかし、こちらは元々が好きでやっていることであり、一向に気にかけることはなかったが、ときに憂鬱になることもなくはなかった。

ところが、そんなことよりも最も心配されたことは、日本の経済発展が続くにつれて、次々と開発がすすみ、山や森がかつての姿を変えていくことだった。賢治の描いた山野が跡形もなく消えていく。この激しい自然環境の破壊と変化を知らない人には、賢治の作品の多くは彼の頭の中で描かれた空想の産物であり、そんなありもしないモデル地域を捜すほど愚かなものはないものと、思い込む人も多かった。

そもそもこんな本を作る発想の端緒は、別に高邁な理想など薬にしたくともないものだった。大正時代という遠い昔、学校に入るため親の反対を押し切って、追われるように東京に出て来た私の母が、やはり晩年になると故郷のことがなつかしく思い出されたようだ。母には故郷に沢山の兄や姉妹がいたのだから、決して孤独ではなかったのだが、やはり幼い頃の故郷の風物がよいものらしい。それなら話でも聞かせてやろうということになり、それだけでは面白くないので、これに賢治の童話などとだぶらせることにしたのが、賢治との旅のたわいない発端だったのである。ところが賢治の作品を読んでは地図と首っ引きで、まさに山野彷徨そのままに旅をするうち、こちらがミイラ取りのミイラになってしまったという次第だった。考えればなんとばかららしい時間の無駄だったことか。そんなことで一九八〇年代半ばには母も亡くなり、本書の原稿もほぼ出来ていたのだったが、埋没したままになっていたのである。

前二著の場合は、ほとんど私一人の旅であったが、賢治の舞台は大変広く、とても単独では限界があった。そんな時、賢治の実弟の清六さんから、最も信頼されていた写真家の北條光陽氏を紹介され、ここからまったく新しい旅が始まることになった。この旅にはときに清六さんとご一緒のこともあったが、大体は二人で、実はこれにいま一人、いつも影のように加わっていた人物がいた。しばしば道に迷ったり、方向が混乱したりしたときなど、よくこの仲間は、ここではないよ、あっちだよと教えてくれることもあった。まあこれ以上語ると、一体正気か、気でもふれているのではないかと言われるだろうが、この相手は賢治だったのだ。まあこれは笑い話も冗談ではあるが、われわれはいつも白昼夢ならぬ幻の賢治と旅をしていたわけで、空想の世界とでも思って下さればよく、われわれは文字通り一蓮托生だったのである。そうでもしなくては、とてもあるのかないのか分からない舞台捜しの旅など続けられっこなかった。

しかし、実際には、本書で扱った何倍かの距離を歩いたことになると思えるが、賢治のたどったはずのルートはなかなか確認ができず、いつも失敗ばかりしていた。どうやら彼から上手にはぐらかされたこともあったようだ。まあ、知られたくなかったこともきっとあったろうと、諦めるしかなかった。

一九八〇年代をピークに、イーハトーヴの世界は確実に変化し、もう一刻も早くこんな世界から足を抜きたかった。なにしろ次々と自然が消滅していき、とても見るに忍びなかったからだ。県は一体何をやっているのか皆目分からない。山を削り、谷を埋め、道路ばかり造っている。そんな折、二〇〇四年十一月、賢治作品の原点になる自然景観が国の重要文化財に当る名勝地に指定されることになった。「七ツ森」「狼森」「釜淵の滝」「五輪峠」「種山ヶ原」の六ヵ所である。これは久しぶりに聞くうれしいニュースだったが、なにしろあまりにも遅すぎた。いま三十年早かったら、まだ救われたものも沢山あったろうに。国は余計なことをするなと、賢治研究家から一家言あってもよさそうだが、なぜかかつて私にあびせた批判の声が、相手が国になったら途端にさっぱり聞こえてこないのもいぶかしい。


本書を旅のよき仲間だった故宮澤清六氏と北條光陽氏に捧げたい。せめて清六氏の生前に間に合わせたかったが、とうとう果せなかった。ただ北條氏は私よりも若く元気だから、この紙面を借りて心よりお礼を申し述べたい。また、三部作をなんとか無事完結して下さったのは〈れんが書房新社〉の鈴木誠氏のお蔭であり、感謝の気持を申し上げたい。

宮沢賢治の歩いた道＊目次

目次

宮沢賢治の歩いた道

故宮沢清六氏に
敬愛をこめ
イーハトーヴ逍遥の旅と
そのよき思い出として

イーハトーヴの死火山

生涯を通じての賢治と岩手山とのつき合いは、並の友人などとは比較にならぬほど深かったろう。ところがあちこちで扱われたり、詩にも詠まれた岩手山は思ったほど多くなく、しかも受ける印象がさほど強くない。季節々々に、圧倒的な迫力でせまる岩手山は、この野外詩人にとってさえ、意外に扱いにくかったのかもしれない。

季節はいつだったのかちょっと分らないが、ある日の岩手山の微妙な変化を詠んだ詩が、『春と修羅』の中に独立した一篇として入っている。これは、美しい女性でさえときにちらりと垣間見せる素顔を見逃さずとらえたといったような作品だった。

そらの散乱反射のなかに
古ぼけて黒くえぐるもの
ひかりの微塵系列の底に

小岩井と岩手山

きたなくしろく澱むもの

どんな女性にでもこんな詩を詠んで贈ったら、百年の恋もいっぺんに終ってしまったろう。

いつの頃のことだったろうか。まだ花巻に賢治記念館も出来ていなかった、はるか昔のことだ。山歩きを済ませ、定宿のようになっていた花巻の台温泉に戻って一風呂あび、やれやれくたびれた、アルコールもそろそろききだした時である。岩手県では珍らしく酒を飲まない仲間のH氏が、突然、妙ちきりんなことを言い出した。――「さあ、これからお山さ行こう」「え、なんだって、お山だって?」

てっきり相手は疲れて湯に酔っぱらったにちがいないと思った。なぜなら時刻はもうとうに夜の十時すぎ、床に入りたい頃である。湯から上ってしばらくすると、もう肌寒いくらいだったから、季節としては十月中旬すぎから下旬にかけてだったろう。紅葉戦線はいたるところで火花を散らしている。お山というのは岩手山のことだから、もう当然、山頂部分は雪も一、二度降って氷も張っていることだろう。初めはてっきり冗談ぐらいに思っていたところ、どうして相手の髯づらを見たら、真剣な表情である。アルコール成分はもう血管の中で欣喜雀躍、勝手に勢いよく流れ、頭の方もかなり曖昧模糊としてきている。外出などとんでもない。

すっかり腰が坐ってしまった私に向って、相手は遠慮会釈もあらばこそ、無慈悲にせっつく手をゆるめない。困ったなと思ったが、胸の中には行け行けと裏切り者がいる。えいままよ、あとはどうなろうとかまわない、決心は一気についた。大急ぎで床をたたみ、部屋中に乱雑に散らかった荷物をリュックに放り込み、足の踏み場もない杯盤狼藉の間を走り回わった末、帳場に顔を出した。静かな宵に一人坐って歌をひねくり回していた宿の主人は、え、これから行くんすかと、半ば呆れ顔である。そうだろう、もう何年もあるのかないのか分らない、賢治の童話の舞台を捜しまわる、バカなおじさんたちなんだから。もう馬鹿につける薬はない、と思い込んでいるにちがいない。

遅い月が夜空にかかるころ、一散に車を盛岡に走らせた。そしてわが友の愛すべき奥さんの困惑顔などなんのその、大急ぎで弁当を作ってもらうと、また一散に車を駆った。ところがなにを勘違いしたのか、出発間際に利発なはずの奥さんがワイングラスに紅い液を注いで、うやうやしく私に差し出したのだ。酒呑みは本当に意地が汚い。断る言葉を忘れてしまうのだ。ただ心の中では、酒呑みと恋する人は地獄に堕ちるというのならそれでもいいのさ、と諦めてしまっているのだ。

盛岡の郊外をひた走りに北上し、滝沢に入る。夜の闇はどこまでも広がり、木の影も山の姿もまるで見えない。この辺りから『春と修羅』の中の舞台を次々と通過することになる。「滝沢野」と題し

た短い詩には、

暗い林の入口にひとりただずむものは
四角な若い樺の木で、

とあるが、きっと賢治がしばしば訪れたこの辺りの大正時代、美しい若い樺の木が立っていたのであろう。この滝沢野のすぐ北に隣接するところが一本木の野原である。樺の木をめぐるロマンティックな作品「土神と狐」の舞台である。このことについては、ずっと以前すでにふれたことがある。一本木にまで行かぬ少し手前で道を左手（西）に折れる。ここが岩手山の登山口になっている。この詩の終りは、

鞍掛や銀の錯乱
（………）
そらの魚の涎《よだ》れはふりかかり
天末線《スカイライン》の恐ろしさ

とある。季節はどうやら秋口らしい。天から魚の涎れのような雲が垂れ下っていた、といっているらしい。魚の涎れとは一体どんなものなのだろう。死んだ魚の口から流れ出した涎れだったら、恐ろし

いものだ。ちょうど滝沢から左手に折れ、真正面の柳沢の少し南西側、岩手山の山麓に鞍掛山の黒い稜線が見えるのであるが、いま、辺りは漆黒の闇だからなにも認められない。

かつて大正時代、賢治がまだ健康だった頃、一人か大勢の仲間を伴って、滝沢、柳沢経由で岩手山の登山口に達するには、思ったより時間がかかったことだろう。滝沢の曲り角から柳沢まででも四キロ以上あるから、まして盛岡駅から歩いて柳沢まで来るには、さらにこの数倍の距離があったから、とても一、二日の予定での登山計画では無理だったろう。賢治は日記を付けていなかったので、この間の出来事は皆目分らず、彼の行動記録はせいぜい彼の詠んだ詩から想像するしかない。

＊

柳沢は岩手山麓にあり、ここからずっと東へは山裾となったゆるいスロープになっていて、赤茶けた荒地である。多分、賢治の歩いた時分は、森になっていたのではないかと思える。『注文の多い料理店』は、現在、下書き原稿が遺されておらず、この童話作品には舞台を推測させる材料がきわめて乏しいけれど、「かしはばやしの夜」という童話は、私にはこの滝沢野から柳沢周辺の森の中を舞台とする幻想的な作品だったように思えてならない。当時、柏の大木はきっと辺りに沢山あったのであろう。やがて開発の手がのび、柏もなにもかも切り倒されると、もう一切の思い出が消えてしまうのだ。そして、もしそれをモデルにした作品があったとしても、そのことを知らなければ、ただの絵そらごとになってさえしまうだろう。

われわれの乗った車は、ゆるいスロープを走り、たちまち柳沢に着いた。明るいとき幾度も訪れた所であるが、いまはなにも目印がない。空は晴れているが、ぞくっとするくらい肌寒い。「なに、歩けばじきに暖かくなるよ」。夜風に吹かれて、すっかり酔いは醒めたが、心臓の方は依然として早鐘を打っている。

「さあ、出かけるか」と、薄暗い中を歩き始めた。どうやら今夜、幾人か先客がいるらしいが、すでに登りだしているのだろう人っ子一人見えない。ところが驚いたことには、最近出来たらしい公衆便所の通路に、若者一人が横になっていた。危ぶなく踏みつけるところだった。死んでいるのかと思ったら、けったいな声を出して挨拶されたのには、二度びっくりした。ここでもう早くも落伍してしまったらしい。

この柳沢ルートの岩手山登山は、下から真一文字に山頂に向えるので、最短コースとして便利だが、海抜四〇〇メートルのところから二〇四一メートルの頂上まで、一気に駈け登ることになり、途中で適当に油を売るところがないので結構つらいのだ。

しばらく登ってすぐ左手（南側）には、賢治お気に入りの鞍掛山の黒い稜線がぼーっと浮んでいるような気配だが、辺りは暗いのでまるっきり判別できない。賢治ハーレムの何番目かに当るだろうが、鞍掛山の容姿ではとても端麗などとはいいかねる。いやむしろ岩手山がおふくろなら、鞍掛山はこぶ付きといったところだろう。

岩手山はそう高い山ではないから、山頂真下まで樹林地帯で、勿論、落葉樹林帯である。だからまだまだ木の葉は十分に残っていて、夜目にも紅葉している気配がうかがえる。なんのかのと、へらず口をたたいて初めのうちこそ元気がよかったものの、段々と口数も少なくなった。もう真夜中をとっ

岩手山頂

くにすぎている。宿屋にいればいまごろ高鼾なのに、なんの因果かと悔んでみても始まらない。

仲間は私より十歳近く年下だから、山に登りだすと体力の差が歴然としてくる。こちらはぜいぜい肩で息をして、もう息切れ状態である。歩きだしたらすっかり血行がよくなったらしく、血管の中で巣を食っていたアルコールの残存物が、またぞろ活発化しだしたらしい。心臓の鼓動ががんがん聞えてくるようだ。しまった、飲むんじゃなかったといくら後悔しても、もう始まらない。

山はしんと静まりかえり、物音一つ聞えない。途中で若い男女十数人のグループに会ったが、山に登っているのか、じゃれ合っているのか分ったものでない。頂上に半日はいたが彼らはとうとう姿を現わさなかったから、中途で沈没してしまったのだろう。

岩手山の秋、いわゆる紅葉の時期ほど見事なものはない。年によってその紅葉の色合いが異るので、一概にいつもという訳にはいかないが、まさに息を呑む美しさである。十月末から十一月初めにかけて、山頂付近はすでに木の葉が散り尽し灰白色をしているが、中腹から下腹部にかけての深い濃紅色は、なんとも表現のしようがない。だからこんな光景を描いた画家にかつて出会ったこともなければ、写真家にもいない。レンズを通すと色が変わってしまうのらしい。なぜか賢治の作品の中にも、この神秘な情景を表現したものは見つからない。自然の絶妙な衣裳と演技の前に、われわれは全面降伏するしかないものらしい。

空に見えていた星が、次第々々に西に向って歩みを早め、空全体にみなぎっていた濃紺の黒さから、心持ち黒味が消えかかってきた。どうも満天降る星というほど晴れ上ってはいないらしいが、それでもはるか地平線上の星影は、急に弱々しくなってきたようだ。樹々の切れ目から望むと、どうやらわれわれも山頂近くにまで達したらしい。木の葉はほとんど散り尽して、足元は落葉に埋もれている。仲間のテンポが早くなった。こちらのテンポは一層遅くなった。相手の強さにちょっと嫉妬する。頭はどんどん前に出るが、足がもつれて言うことをきかない。

東の空が、なにか淡い青色に変わってきた。賢治がよく使うアマゾンストーンか孔雀石の青とでもいうのだろう。いつの間にか空に暗い影がない。色合いはどんどん薄れ、星の数はめっきり減った。なにかあたりがあわただしくなり、仲間の歩調もおかしくなり、とうとう駈け出した。急な斜面だからさっぱり埒があかない。

「早く登らなければ、ご来迎に間に合わないよ」

岩手山頂，噴火口の鉢まわり

とか言っている。やっと樹木が切れて、枯草の草地に出た。この斜面を一散に駈け登る。とうとう仲間は私を捨てて、走っていく。

「頑張れよ」

口だけは達者だが、体は動かない。東の空がさらに明るくなり、地平線はずっと西にまで一杯に、暗い影は消えてしまった。

どうやら仲間は最後の草原をつっ走り、山頂部分に達したらしい。このとき東の遠い山々の上部が割れて、赤い太陽が姿をのぞかせた。これも賢治流に言えば、金を溶かしたような真紅の塊りが、のっこりと現われ、天地はたちまち明るさを取り戻した。

たしかアメリカの小説家マーク・トゥエインが、ご来迎を見物するためヨーロッパ・アルプスに登ったはよいが、方向を間違えて反対の方角を見ていたということを、彼の旅行記で読んだことがある。しかし少なくともわれわれは、こと岩手山に関していえば、東と西を取り違えるほどピント外れではない。

太陽が東の空に昇ると、また新しい一日が始まる。この昇り切る数分間、地上では新しいドラマが開幕するのだ。夜の役者は全て舞台から下り、朝霧という豪華な幕は、たちまち地上から一掃され、低く垂れていた雲も大急ぎで移動していく。西の空はいまだぐずぐずと鉛色をしてい

岩手山頂

るが、それもたちまち明るさを取り戻していく。そして夜のスターたちは全員姿を消した。

　山頂の端の岩場から、遙か下方を見ると、小岩井農場の緑の絨毯が黒い森の中に広がっている。眼下の鞍掛山のすぐ下の方に、黒い森山がぽつんぽつんと点在する。あまりにこの森が低いので、どれが黒坂森か笊森か分らない。狼森《おいのもり》らしきものが認められるが確認はできない。しかし、賢治が「小岩井農場」を詠んだ一連の詩の中で、der heilige Punkt と呼んだ、ここが〈神聖な土地〉なのだ。

　小岩井の東に見える南北に走る低い山並の中で、一部切れているのが鬼越の鞍部にちがいない。その先に盛岡の町並が広がっている。町は朝の大気の中で、新しい息吹きを始めている。ただずっと東に回わり込んだ鎔岩流は、ここからは見えない。逆に目を西南に転ずると、七ツ森の黒い坊主頭が見える。まるで地面に生えた乳房にそっくりだ。恐らく賢治は、幾度かの岩手登山によって、眼下に展開するすばらしい風景に感動し、いつか彼のいうイーハトーヴの世界に思い到ったのであろう。だからイーハトーヴの中心に君臨する岩手山を、賢治が「遠足統率」と題した詩の中で、いみじくも一ランク下げ、

せいせいと東北東の風が吹いて
イーハトーヴの死火山は
斧劈の皺を示してかすみ
禾草がいちめんぎらぎらひかる

と詠み、さらに

（イーハトーヴの死火山よ
その水いろとかゞやく銀との劈をおさめよ）

といった気持も、この山頂に到って初めて分るのだ。

柏の踊り

――「かしはばやしの夜」

もうずっと昔、賢治がいまほど世間で人気の高くない頃のことだった。ときどき私は妙な夢を見た。どこかはっきり場所は分らないが、ごつごつとした茶灰色の幹をした樹木が一面に生い繁ったところで目が覚めて、さてここはどこかとしきりに考えたが、私がこれまで見かけた記憶のない光景だった。葉の形状からしてどうやらそれが柏の木であることは見当がついたが、柏の葉がざわざわと風に吹かれている情景は、いくら夢の中でも気味のよいものではなかった。

夢はたいがい目が覚めれば忘れてしまうものだが、この情景はそれからもしばしば夢の中に現われた。しかもいつも寂しく鉛色に沈んだ日か、夕暮の中なので、私には不思議でならなかった。なにしろ漠然としている上、登場人物もいないので、さっぱり摑みどころがなかったのである。

これまでの体験からして、私の見る夢はあとで考えるとまるっきりの空想というのは稀で、きっとそれなりの理由があった。この夢を見たころは岩手の山野をほっつき歩き、賢治の童話の舞台を捜していた頃だったから、毎度見る夢の場面が、賢治と関わりのあることぐらいはおおよそ見当がついた。

やっと柏の木と賢治の接点は分ったが、次に童話とどう結びつくかであった。山や森ばかりの岩手県であるが、柏の樹林帯というのは稀である。かつてはあったようだが、いまはまずない。

次に賢治の歩いたコースを、ずっと頭の中で追ってみた。するとどうしても岩手山の周辺に行ってしまう。そしてふと、岩手山に登山中、大きな柏の老木にぶつかったことを思い出した。気付くとこの他にもまだ山腹で幾本も大きな枝を垂らしていた。そう思ってみると、たしか岩手山の登山口の柳沢に近い辺りに、大きな柏の木があったことが記憶の底から浮び上ってきた。たしか戦後も間もない頃には、こんな柏の古木が結構残っていたのだったが、とりたてて必要性のある樹木という訳でもなかったので、次々に伐り倒され耕地に変ってしまったのである。

夢の舞台がなんとなく分りかかったが、こんな夢を見た理由が分らない。以前、「かしはばやしの夜」という作品なら読んだことがあったが、そのときにはたいして強い印象は受けず、賢治がなぜこうした作品を書いたのか、その意図を深く詮索する気もなかった。なにしろ、こんな訳の分らぬ作品を追いかけるよりも、もっとずっと面白い作品が他にまだ沢山あったからだ。しかし、夢にまで見る以上、放っておく訳にもいかない。

〈イーハトヴ童話〉集と銘うった『注文の多い料理店』は、賢治の書いた唯一の単行本で、この中によく知られた件《くだん》の「かしはばやしの夜」が収められている。ここでは樹木が人間と同じように口をきいたり、行動をしたりする。樹霊信仰にも通じそうな幻想的作品だったので、都会派の研究者にはいささか手に余るものだった。こんなことはあり得ないといえば、もうそれまでだった。しかし、賢治のように一人で山野をよく歩いた人には、こういった一種幻想的で、怪奇趣味的な体験も当然あったにちがいない。私のような乏しい体験しか持ち合わせない人種でもそうだったし、柏の木のごつい幹やその独特な葉の形状は、大変印象深いものだった。賢治の生きていた時代、こんな柏の林の中に踏み込んだりしたら、なんとも異様な気持にとらわれたにちがいない。

場所はどうやら岩手山の東山麓あたり、季節は夏の頃らしい。赤銅いろの太陽が、南の山裾に落ちていった夕暮どき、童話の主人公の清作が、稗の根もとにせっせと土をかけている。その清作の耕す畑の向うには、ずっと柏の林が続いている。

多分、清作も家に帰る時刻だったろう。こんなとき、突然、遠くの方で、「欝金《うこん》しやつぽのカンカラカンのカアン」と怒鳴る声が聞えてきた――こんな書き出しから、この童話は始まる。欝金というのはむずかしい表現だが、これは濃く、色鮮やかな黄金色のことである。賢治がこんなあまり使い慣れない言葉を使うのも妙だが、あとでいま少し詮索しよう。ご記憶ねがいたい。

この声を聞いて、清作はとるものもとりあえず、声のした方に駈けつけた。すると、ふいに後ろからえり首をつかまれた。ふり向くと赤いトルコ帽をかぶった背の高い絵かきが立っていたが、二人はたちまち意気投合し、柏の林の中を散歩することになった。絵かきは、まず清作に向ってこう言った。――「おれは柏の木大王のお客さまになつて来てゐるんだ。おもしろいもの見せてやるぞ」と。

早速、二人が柏の林の中に入っていくと、この林の中は浅黄いろで、肉桂《シナモン》のような匂いが一杯に漂っていた。一般に肉桂はかつてセイロン島（スリランカ）の特産といわれ、この樹皮から香料が作られ

北上山地。暗い山径は化物の出るよう。

た。しかし、柏の樹皮が肉桂の匂いがするのなど、私にはさっぱり分らない。かつてスリランカで薬用の樹木ばかり植えた、まったくの密林《ジャングル》のような薬用植物園に案内され、そこに植っている樹木の一本一本を詳細に説明を受けたことがある。しかし、これらの樹木には少なくともまったく匂いというものはなかった。

ともかく林に入ると、入口から三本目の若い柏の木が、ちょうど片脚をあげて踊りでも始めるところだったが、二人の闖入者を認めると、この若木は間が悪そうな顔をした。どうもこの林の柏の木どもは、清作を歓迎しているように見えない。そしてごつごつした柏の木などは、清作が通り抜けようとしたとき、薄暗がりの中で、いきなり脚をつき出してつまずかせようとまでしたのだ。理由はすぐに分る。清作はこの柏の木をかつて伐採したことがあったから、彼らは清作を怨んでいた、という訳である。

この辺りからいよいよ賢治の筆は冴えてくる。しかし、彼の筆づかいがいたって微妙なので、うっかりするとその面白さを見落しかねない。柏の木のごつい枝ぶりから、彼らが踊ったり、相手に足払いをかけたように想像を飛躍させていくのだ。そして、さーっと風が吹いていくと、柏の木は、

「せらせら清作、せらせらせらばあ」

と、気味の悪い声を出して、清作を驚ろかせるのだ。

清作だって負けてはいない。

「へらへら清作、へらへら、ばばあ」

と、やり返した。さすがに柏の木もこれには度胆を抜かれたらしく、しーんとしてしまった。林や森の中にいると、吹いていた風が一瞬止まることがある。このときざわついていた木の葉がぴたりと止むので、突然、音が一切消えることがある。賢治は、その風の呼吸をよく知っていたのであろう。それに賢治は柏に痛烈なパンチを食らわせた。「ばあ」とやったのを「ばばあ」とやり返したからだ。柏の木肌はとてもみずみずしいものとは言い難い。だからこの逆襲に柏は一番痛いところをつかれたにちがいない。

ここで賢治が書く、「せらせら」とか「へらへら」とかは、柏の葉が風にそよぐ表現だったろう。柏の葉もまだ春から夏にかけてなら、風にそよぐ緑の葉は柔らかであるが、これが秋口にかかる頃にはもうとてもそうはいかない。「がさがさ」とか「ざわざわ」とか、金歯をがちゃつかせて上がり框《かまち》に頑張る遣り手婆そっくり、とてもロマンティックな気分になれる状態ではない。うっかりすると読み落しかねないこんな所で、賢治が見事に言っているなど、大笑いだ。

森の幻想——柏の木が踊り出した。

二人は柏の林の中をずんずん入って行った。やがて柏の大王の前にやって来た賢治は、この柏の大王の様子を、大小とりまぜ十九本の手（枝）と、一本の太い脚（幹）をもっていたといっている。これだけでは想像するのはちょっとむずかしいが、相当大きかったのだろう。私は岩手県では見かけなかったが、北海道日高山脈の山麓の原野で、恐ろしく巨大な柏の木を見て驚いたことがある。こんな木もかつてはあったのだろう。ところがこの柏の大王は、清作を認めると、お前は前科九十八犯だといって難詰した。

清作も負けておらず、おれはそんなもんじゃないとやり返した。これはどうやら、清作がこの柏林の所有者に酒を二升買って、柏の木を切った数のことを言ったのらしい。大王にとっては許し難い犯罪だったろうが、ここで大王が「わしにもなぜ酒を買わんか」、というあたりが面白い。

いつか夜の帳《とばり》が下り、東の山に月が昇った。すると柏の木が各々、歌をうたい始めた。賢治がどういうヒントからこんなイメージを思いついたのか知りたいが、きっと夏の宵、さらさらと心地よい風のそよぎが、彼の気持を啓発したのであろう。ところが、ここで絵かきがまったく素っ頓狂な提案をするところから、この童話はすっかり新しい局面を迎えることになる。その提案とは、柏の各々が自分の文句で、自分の節まわしで歌をうたう、そうしたら一等賞から九等賞まで、大きなメダルを書いてやろう、というのである。

この辺りからはもう目茶苦茶で、道徳教育の先生ならきっと厭な顔をするであろう。第一に、絵かきが歌って聞かせた入賞メダルの羅列ときたらまったくのでたらめで、一等賞が白金で、二等賞が金色まではまあよいとしても、以下、水銀だの、ニッケル、とたん、鉛、中にはにせがね（贋金）まで入っている。よくもまあやってくれたと感心していると、柏の大王までもがすっかりご機嫌を直して、わははと笑ったとあっては、読者の方がいささか気がひけて、笑い声が小さくなるというものだろう。勲章をありがたがっている人がいる限り、この皮肉は痛烈である。

月もようやく中天にかかり、木の影は薄い網になって地面に落ちたと、大変美しい表現をしている。いよいよ柏の木たちの歌のコンクールが始まって、各々がみな声を張り上げ、歌の内容もでたらめな、勝手な歌をうたいだした。賢治はなぜかその後、こういった天真爛漫な作品を書かなくなった。彼の性格にきっとこういった明るい面があったと思えるが、彼があえてそれを押えたのか、健康がそうさせたのか、作品から明るさが消えていく。

柏が次々と歌っていくうち、七番目の若く頑丈そうな柏の木が、清作の歌をうたうと言いだした。

清作は、一等卒の服を着て
野原に行つて、ぶだうをたくさんとつてきた。

どうやら柏は、清作をこけにしようとしているらしい。清作は怒って柏をなぐりつけようとしたが、まああまあと絵かきに止められた。柏の木はみなあらしのように清作を冷やかして、叫んだ。するとまた一本の柏の木がとびだした。

清作は、葡萄をみんなしぼりあげ
砂糖を入れて
瓶にたくさんつめこんだ。

とやらかした。「ホッホウ、ホッホウ、ホッホウ」、柏は変な声を出して清作を冷やかし、嘲笑したが、この笑いは賢治の十八番である。するとまた一本がとび出した。

清作が、納屋にしまつた葡萄酒は
順序たゞしく
みんなはじけてなくなつた。

絵かきに誘われてこんな柏の林に来てしまった清作だが、結果は散々に柏の木に小馬鹿にされ、なぶり者にされ、あげくに恥までかかされた。柏たちはこのときぞとばかり清作が山ブドウの実を摘んできて、それで密造の葡萄酒《ワイン》を醸造しようとしていたのを告発し、嘲笑しようと試みたのにちがいない。だから九番目の柏がうたった後は、あえてあとに続くものがいなかった。しかしこの場面に登場したのはなんと森のふくろうの大将で、彼のくだくだしい説明は、この場の雰囲気を一層白けさせることになった。この森のふくろうについての童話には「二十六夜」があり、「かしはばやしの夜」の中で宗教的なものに通じるのは、わずかにこの部分だけである。

ふくろうのうたう歌と、これに合わせて踊る柏の大乱舞はいささか狂乱的なもので、賢治がどういう意図でここに書いたのか私には測りかねる。しかし、やがて月に暈《かさ》がかかり、一面に霧が降りてきて、こんな乱痴気騒ぎも急に打ち切られた。「柏の木はみんな度をうしなつて、片脚をあげたり両手をそつちへのばしたり、眼をつりあげたりしたまゝ化石したようにつつ立つてしまいました」とあって、この幻想の中の非現実的な場面に幕が下りる。

清作が林を出るとき、見るとはなしに見ると、柏の木はみな踊りのままの形で、残念そうに清作を横目で眺めていたという。そして柏の林のあるずっと向うの沼森あたりから、急に姿を消した絵かきのうたう大きな声が響いてくるのだった。

賢治は『注文の多い料理店』の中では、その大半の作品の舞台隠しをやって来たが、この最後の一行でこの「かしはばやし」の舞台の手掛りをようやく与えてくれた。私はこの部分を読み落し、この童話の舞台捜しに散々手間をかけ、あげくに夢まで見る始末だった。しかし、そんな無駄があったお陰で、この童話について考えたり、山野をさまよったりする機会が持てたことにもなる。沼森とは、賢治の初期短篇にもある小さな森山で、小岩井農場の北東、岩手山の登山口の柳沢の南にある。

＊

賢治の作品成立の謎を解く鍵は、『春と修羅』と『注文の多い料理店』に尽きると言われる。たしかに賢治初期の作品の成立過程は、案外、この二冊のテキストにヒントが隠されている場合もあろう。賢治は公表した童話の方は、普遍性のためもあって、積極的に舞台隠しをしたらしいとはすでにふれたが、詩の方はそういうことはしなかった。賢治の場合、童話と詩は双子の兄弟のような関係だから、この二つを切り離してしまわない方がよいことは分っている。

そこでいま一度振り出しに戻り、『注文の多い料理店』の序（前がき）を見ると、この童話集の生まれるまでの過程を、賢治は実に明瞭な言葉で表現している。そしてその中で彼は、このようなお話は、みな林や野はらや鉄道線路やらで、虹や月あかりからもらってきたものですと言い、本当に「かしはばやしの青い夕方を、ひとりで通りかかつたり」したとき、まったくあり得ないようなことが、まるで現実そのもののように思えたのだとまで、言い切っている。彼の言葉をそのまま信じるなら、「かしはばやしの夜」は賢治が実際に柏の林の中で体験したことを、そのまま綴っていったのであろう。

次に、双子のいま一方の『春と修羅』に戻ってみよう。この中で「一本木野」と題した詩に、二ヵ所ほど、段を四字下げて（　）で括った文が入っている。これは賢治の生《なま》の声を表現しているということになっている。一本木野の原野を歩きながら、ときどき伐り倒され残っていた柏の木に向って、

（おい　かしは
てめいのあだなを
やまのたばこの木つていふつてのはほんたうか）

と言っている。柏の葉はたばこの葉のように円くはない。枯れ葉なら似ていないという訳でもないが。そのうちまた賢治は別の柏の木にぶつかったらしい。その枝ぶりを見てこう言い放っている。

（おい　やまのたばこの木
あんまりへんなおどりをやると
未来派だつていはれるぜ）

こんな柏との一人芝居をみていると、賢治は余程、柏に気があったようだ。たしかに初夏のころ、みずみずしい緑の大きな葉をつけた柏は、見るも悩ましいことがある。だからこんな林の中を物思いにふけって歩いていたりすると、あの柔らかな人の手のような若葉をつけた柏から、「ねえ、あなた、愛しているのよ」などと言われそうな、妙な気を起すこともある。そして突如、あの大きな掌をした葉で、うしろから抱きつかれでもしたらどうしようかと、一瞬びくびくすることもある。

賢治は「かしはばやしの夜」の中で、かしわを男とも女とも記していない。まさか皆がみな男の柏とも思えないから、当然、女性の柏の木もいたことだろう。もしかすると賢治に散々嫌がらせをした柏は、むかし、「山のたばこの木」――「山出しの女」などと言われた腹いせに、あんな歌でからかったのかもしれない。そして、清作の密造酒のことまでばらされた。

「かしはばやしの夜」には、作品の内容から離れて、いくらか気にかかるものが二つばかりある。「鬱金《うこん》しやつぽ」と、ぶどう酒《ワイン》醸造についてふれたところである。ぶどう酒を作るところだけを扱った童話に「葡萄水」というのがあり、主人公は清作。柏の木がうたった例の清作をからかった歌も、この童話にそっくり収まっている。とすると柏の木も林も登場するこの作品はお互い同じもので、どちらかが先に作られ、もう一方はこれを利用したのであろう。

賢治はたしか酒を憎んでいたはずだったのに、野ブドウからワインを醸造する苦心談を、実に生き生きと描いている。この製造過程は単なる空想ではなく、実際、自分の体験を綴ったとしか思えない。なぜそれほどまでぶどう酒に拘泥したのか、いまだによく分っていないようである。

ぶどう酒なら私も作ったことがある。戦後間もないころ、アメリカ人家族からアレクサンダーという名の中近東原産のブドウをもらったことがある。薄緑色した大粒のブドウだった。あまりに美味だったので、種子を狭い庭に蒔いておいたところ、やがて芽を出し、十数年後には小粒ながら実をつけた。親ブドウの実とは似ても似つかぬこのチビは、とても食用にならないので瓶に詰め、ワイン醸造をたくらんだのだった。初めのうちこそ失敗したものの年々腕が上り、とうとう立派なワインが出来上るまでになった。まさに鬱金いろした液体だった。当時、ワイン醸造は法律で禁止されていたから、単なる自家製でも密造酒にちがいなかった。賢治が、砂糖を加えると発酵してアルコールを含有し、密造酒になるかならないかの議論をしているのは、このためである。そうでなければただの菓汁《ジュース》にすぎない。

賢治のぶどう酒《ワイン》醸造は、やがて「チューリップ酒」の作品で最高に到達するが、そこでいま一度、「欝金しゃつぽ」の欝金《うこん》に戻らねばならない。欝金いろというのはすでにふれたように、色鮮やかな黄色のことで、ぶどう酒でいえば白ワインである。ほのかに黄色味を帯びているのを、賢治はよく黄水晶《シトリン》といっているが、初めのころは賢治もこの欝金いろを使ったようである。余談ながら、わが密造酒もこの欝金いろであった。

賢治がのちに書いた童話「チュウリップの幻術」の中のチューリップ酒は何色だったのか。当然、紅でなくて黄色だったろうと思っている。賢治がぶどう酒になぜこうまで夢中になったかは、その理由が分らないと書いたが、私にはなんとなく、十一世紀のペルシアの詩人オマル・ハイヤームの『ルバイヤート』あたりからだったのではないかと思っている。賢治と『ルバイヤート』については、すでにふれたこともあるのでここでは改めて書かないが、賢治が読んだとすれば、英訳か日本語訳であったろう。

賢治に『ルバイヤート』を紹介し二人で翻訳した相手は、どうやら保阪嘉内だったらしいが、賢治が盛岡高等農林を卒業した大正九（一九二〇）年の『中央公論』十月号に、荒木茂という人が「オムマ、ハヤムと『四行詩《ルバイヤット》』全訳」というのを発表した。この中で荒木氏は、いまに遺るオマル・ハイヤームの一五八篇の全訳をしたが、オマル・ハイヤームが心から愛したのはチューリップのような美女と、ぶどう酒《ワイン》だった。その荒木訳の一節にこうある。

爾もし酔ひしならば、幸なれ、
鬱金香《ちゅうりぷ》の面影のものと倶にあらば、幸なれ……

とあり、鬱金香に「ちゅうりぷ」のルビがふってある。また別の一篇には、

鬱金香《ちゅうりぷ》の色めく澄める紅酒を傾け
又は酒瓶の頸より清き血を搾らん、
今は我がために王盞の外に
真《まこと》の心持つ一人の友もなければ

荒木訳の特徴は、チューリップに「鬱金香」と当て字をしたことだったろう。言葉遣いの魔法使い手でもあった賢治が、早くもこれに注目したとしても無理ではない。この辺りから賢治は、ペルシアの詩と、チューリップと、そしてワインとの関わりに強い興味と関心を持ったように思えてくる。元々、ウコン草というのは熱帯アジア原産のショウガ科の多年草のことで、チューリップではない。荒木氏がこれになぜかチューリップを当てたのらしい。賢治は早速、「鬱金しやつぽ」として使い、さらにワイン醸造の話にまでもっていったように思えてくる。ただこれはあくまで私の空想の世界なのだが。

「かしはばやしの夜」は、ただ読めば岩手山麓の柏の林でのおかしな幻想体験のお話にすぎないが、いま少し背後関係まで探っていくと、その後の様々な幻想的世界にまで発展する、一つの出発点のような作品だったことが分る。いま沼森周辺には柏の林はない。もし夢の中に現われた柏の大王の樹霊にでも一杯ぶどう酒《ワイン》を飲ませたら、あるいはこう言ったかもしれない――「わしらはみな切り倒されてしまった、今度はお前らの番だ」と。

トリカブト

青と黒の陰影

――「一本木野」と「鎔岩流」

あたり一面、若草色に光り輝く五月と、今度はすっかり銀褐色に変わった十月、岩手山の東側の山麓はすばらしい風景に変化する。

『春と修羅』第一集のもう終りに近い部分に、「一本木野」と「鎔岩流」と題した佳篇が入っている。これらの作品は、長篇詩「小岩井農場」と異なり、話題に上ることが少ないけれど、私にはこよなく好きな詩である。

なぜ人の関心を惹《ひ》かなかったか不思議であるが、理由はなんとなく察しがつく。この詩は現地にあまりに密着しすぎているため、この場所を訪れたことのない人には、親しみが湧かないからであろう。

賢治のいう「イーハトーヴ」、岩手県も、北に行くにつれて景観は相当に違ってくる。一口でいえば、自然が厳しくなってくる。夏ですら気温が零下に降ったことがある。それに自然環境も、かつて賢治の育った花巻周辺とはずっと違っていたろう。どう違っていたかと言われると返答に窮するが、岩手県の中・南部地域が人と自然が仲よく共存して生活していけるのと比べれば、この地域はむしろ自然と対決していかねばならないからだ。

松がいきなり明るくなつて
のはらがぱつとひらければ
かぎりなくかぎりなくかれくさは日に燃え
電信ばしらはやさしく白い碍子をつらね
ベーリング市までつづくとおもはれる

いまだ二十七歳、若い賢治は気分爽快に謳い上げる。この詩の中から、十年後にはすでに世を去る様子など微塵も感じられない。この中で、電信柱がずっとベーリング市まで続くと思われる、とあるのは、一本木野を横切って北に延びる津軽街道が、まるで北極圏に近いベーリング海峡まで続いているようだという意味であろう。ベーリング市はもちろん賢治の空想上の地名であるが、この表現はこの街道を歩いてみればその通りと感じられる。そしてこの街道の左手、すなわち西側は岩手山の山麓で、一本木野の原野である。

すみわたる海蒼《かいさう》の天と
きよめられるひとのねがひ
からまつはふたたびわかやいで萠え

幻聴の透明なひばり
七時雨《ななしぐれ》の青い起伏は
また心象のなかにも起伏し
ひとむらのやなぎ木立は
ボルガのきしのそのやなぎ

街道に沿って育ったから松の林の間を抜けてこの原野に入ると、天気がよい日にはすぐ目の前に圧倒的な岩手山が聳えている。そこから目をずっと北に向けると、黒々とした松林に覆われた低い丘陵地帯が見える。これが三ツ森山で、この山を越えて遙か彼方に七時雨山の青い起伏が望まれる。山名の通り、雨や霧に邪魔されてめったに見えない。しかし、賢治が訪れたこの秋の一日には、七時雨山も視界に入ったのだろう。

賢治はこの一本木野になにをしにやって来たのかは、黙して語らない。彼はこの原野を越えて、いま少し北西方向にある熔岩流を見物に行く途中だったようだ。彼の二篇の詩がその回答になっている。彼は続けてこう語りかける。

天椀《てんわん》の孔雀石にひそまり
薬師岱赭《やくたいしゃ》のきびしくするどいもりあがり
火口の雪は皺ごと刻み

くらかけのびんかんな稜《かど》は
青ぞらに星雲をあげる

詩に記された日付から推測すると、賢治が訪れた一九二三年の多分十月は、天気は晴朗だったようだ。「天椀の孔雀石」というのは、お椀を伏せたような半円の天球《ドーム》が、まるで青い孔雀石のようだという意味である。賢治は別のところで孔雀石をトルコ玉と表現している。どちらも似たりよったりの青い空色の石で、賢治が別に厳密に区別して使い分けていた訳ではなかったろう。この他に賢治はずっと濃い青色の場合は、瑠璃《るり》を使っている。

その澄みわたった青い天球からずっと目を下におろしてくると、岩手山の東に張り出した赤茶けた部分、すなわち岩手山の山頂が東側に寄って新しく噴出して出来た噴火丘と、その火口壁が一番高くせり出した薬師岳（二〇四〇メートル）が、ありありと映る。賢治はその山頂部分と、そのやや南に寄った山腹に、鞍掛山がなにか中空に浮き上るように姿をのぞかせているのを見たらしい。「くらかけのびんかんな稜は、青ぞらに星雲をあげる」とはよく分らない表現であるが、鞍掛山は見ていると、なにか円盤が空に昇っていくように感じることがある。そんなことを彼は言いたかったのかもしれない。

やがて賢治は道を北にとり、草原の中をがさがさたどって行ったらしい。勿論、まったくの草原の中を歩いて行ける訳でなく、細い自然についた小径が縦横にあったはずで、そんな一つをたどったのであろう。こうした体験の一つがのちに「土神と狐」に描かれたにちがいない。彼は多分一人で歩いていたにもかかわらず、胸はわくわくはずませていたようだ。こんなにまで言っているのだから。

こんなあかるい穹窿《きうりう》と草を
はんにちゆつくりあるくことは
いつたいいなんといふおんけいだらう
わたくしはそれをはりつけとでもとりかへる
こひびととひとめみることでさへさうでないか

こんなにまで心が浮き立っているのは、自然が美しかったからか。「土神と狐」の中には、たしかダンディーな狐が女の樺の木に向って、ハイネの詩集を貸して上げようかと言っているところがある。もしかすると賢治は、この草原の中を歩きながら、ハイネの純情詩集の一節を口ずさんでいたかもしれない。あるいは彼のポケットの中に、この詩集が入っていたかもしれない。

せっかく賢治の本心にふれたかのような場面に達したところで、彼はするりと微妙なところをすり抜けてしまう。なぜなら彼はこう続けているのだから。

わたくしは森やのはらのこひびと
芦《よし》のあひだをがさがさ行けば
つつましく折られたみどりいろの通信は

いつかぽけつとにはいつてゐるし
はやしのくらいところをあるいてゐると
三日月《みかづき》がたのくちびるのあとで
肱やずぼんがいつぱいになる

ここはなんと解釈したらよいのか。多分、――私は森や野原の恋人と、草叢の中をがさごそ歩いて行くと、とまず意味がとれよう。勿論、一緒に歩いている相手の女性などいず、たった一人で、いるのは空想上の自然の中の木々や野草である。だから彼は歩いているうち、自分の作品「土神と狐」の中の役者たち、土神や狐になったろうし、ふとぶつかった樺の木が女主人公《ヒロイン》にもなったのだろう。

碌に径もない森や草原の中を行けば、当然、木や草の葉の折れた一片（ラブレター）が、ポケットに密かに入っていたろうし、薄暗い森の中を無理に通り抜けようとすると、むき出しになった肱や衣服には、ひっかき傷――賢治流に言えば、森の恋人たちのつけた三日月型した口唇のあとが沢山ついている。さすが賢治、ひっかいたり、かすり傷を負わされてさえ森の恋人たちから吸われたり、噛まれた傷痕と思えば肚の立つこともなかったろう。多分、私だったら怒り心頭、こんな野原は焼き払ってしまえと思ったにちがいない。

＊

賢治はどう歩いていったのか。彼はともかく北へと進み、笹森山（四三五メートル）の脇を北に抜け、

焼走り熔岩流。背後は岩手山。

やがて三ツ森山の麓に着いたであろう。ここは古い熔岩の堆積物が永い年月かけて風化し、いまは松がびっしり表面を覆っているので、一体どの辺りが一番高いところかなかなか分らない。賢治は近道として、この三ツ森の南側の縁《へり》を回り込むようにして西へ移動し、ともかく焼走り熔岩流の末端部に出たことだろう。

真黒な玄武岩質の熔岩は柔らかくさらさらと流れたとはいっても、その量がそう多くなかったので、だらっとサラダにかかったドレッシングのようで、規模それ自体は決して大きくない。これがもし小岩井農場あたりにあったなら、賢治の印象や詩も相当ちがってきたであろう。だから賢治は小岩井農場の北にある小さな残丘を、岩手山から噴出した火山弾にしてしまったのだった。彼は熔岩流に深い印象を受けたはずなのに、詩には詠んだが童話にはとうとうしなかった。

焼走り熔岩流は、ちょうどナマズのような形をしていると言ったら分り易いだろうか。岩手山の中腹辺りから流れ出し、三ツ森山の麓で止った。末端部分は差し渡し一キロぐらい、中腹までの距離はせいぜい二・五キロ止りであろう。まるで石炭かコークスをブロックに積み上げたようである。ともかく行くのに不便なことや、近くに村落もないことから、自然景観は現在もよく保存されているといえよう。

賢治もやがてこの熔岩流の見える所にさしかかったようだ。彼は「鎔岩流」と題した詩をこう始める。

喪神のしろいかがみが
薬師火口のいただきにかかり
日かげになつた火山礫堆《れきたい》の中腹から
畏るべくかなしむべき砕塊熔岩《ブロックレーバ》の黒
わたくしはさつきの柏や松の野原をよぎるときから
なにかあかるい曠原風の情調を
ばらばらにするやうなひどいけしきが
展かれるとはおもつてゐた
けれどもここは空気も深い淵になつてゐて
ごく強力な鬼神たちの棲みかだ
一ぴきの鳥さへも見えない

どうやら賢治がこの地点に差しかかったとき、西に傾き始めた太陽は、岩手山頂の薬師火口の頂き部分にかかり、「喪神のしろいかがみ」――日輪が光り輝いていたらしい。だからもう熔岩流の噴出口の所は日蔭になってしまっている。彼はここに来る途中、一本木野あたりののどかな風景をぶち壊す、荒々しい情景をひそかに想像してきた。ところがどうもそれとは違っていたらしい。熔岩流は黒いレンガを積み上げたような、なにか鬼神の住む城砦かなにかのようだった。

わたくしがあぶなくその一一の岩塊《ブロック》をふみ
すこしの小高いところにのぼり
さらにつくづくとこの焼石のひろがりをみわたせば
雪を越えてきたつめたい風はみねから吹き
雲はあらはれてつぎからつぎと消え
いちいちの火山塊《ブロック》の黒いかげ

賢治が現実の熔岩流を見て、失望したか喜んだかについてはなにもふれられていない。ともかく彼は、彼の没後六十年以上たってから私もやったと同じように、この黒い熔岩に登ったようだ。それはせいぜい高さ数メートルか十メートルぐらいの黒い岩塊《ブロック》になっていて、この上を歩くのはきわめて困難である。だから彼とて、こんな上をバランスを保って歩くのは、いささか軽業師じみた行動だと思ったことだろう。

この熔岩流の中でも、いくらか小高く盛り上った所に立って、賢治はあたりを展望したらしい。多分、彼の立っていたあたりが高度六〇〇メートル、すぐ南西約四キロのところに高度二千メートルの岩手山が聳えている。それはゆるいカーブを描き、目をさえぎるものはなにもない。このときどうやら岩手山の雪峰から冷い風が吹き下ろし、山頂付近には雲が風に吹かれて、次々と湧いては消えていったようだ。そして、雲が移動するにつれ、黒い熔岩流の上にさらに黒い影がさーっと流れていった。
ここで初めて賢治は、こんな場所までわざわざ出向いて来た理由を説明する。

貞享四年のちいさな噴火から
およそ二百三十五年のあひだに
空気のなかの酸素や炭酸瓦斯
これら清冽な試薬《しやく》によつて
どれくらゐの風化《ふうくわ》が行はれ
どんな植物が生えたかを
見やうとして私《わたし》の来たのに対し
それは恐ろしい二種の苔で答へた
その白つぽい厚いすぎごけの
表面がかさかさに乾いてゐるので
わたくしはまた麺麹ともかんがへ

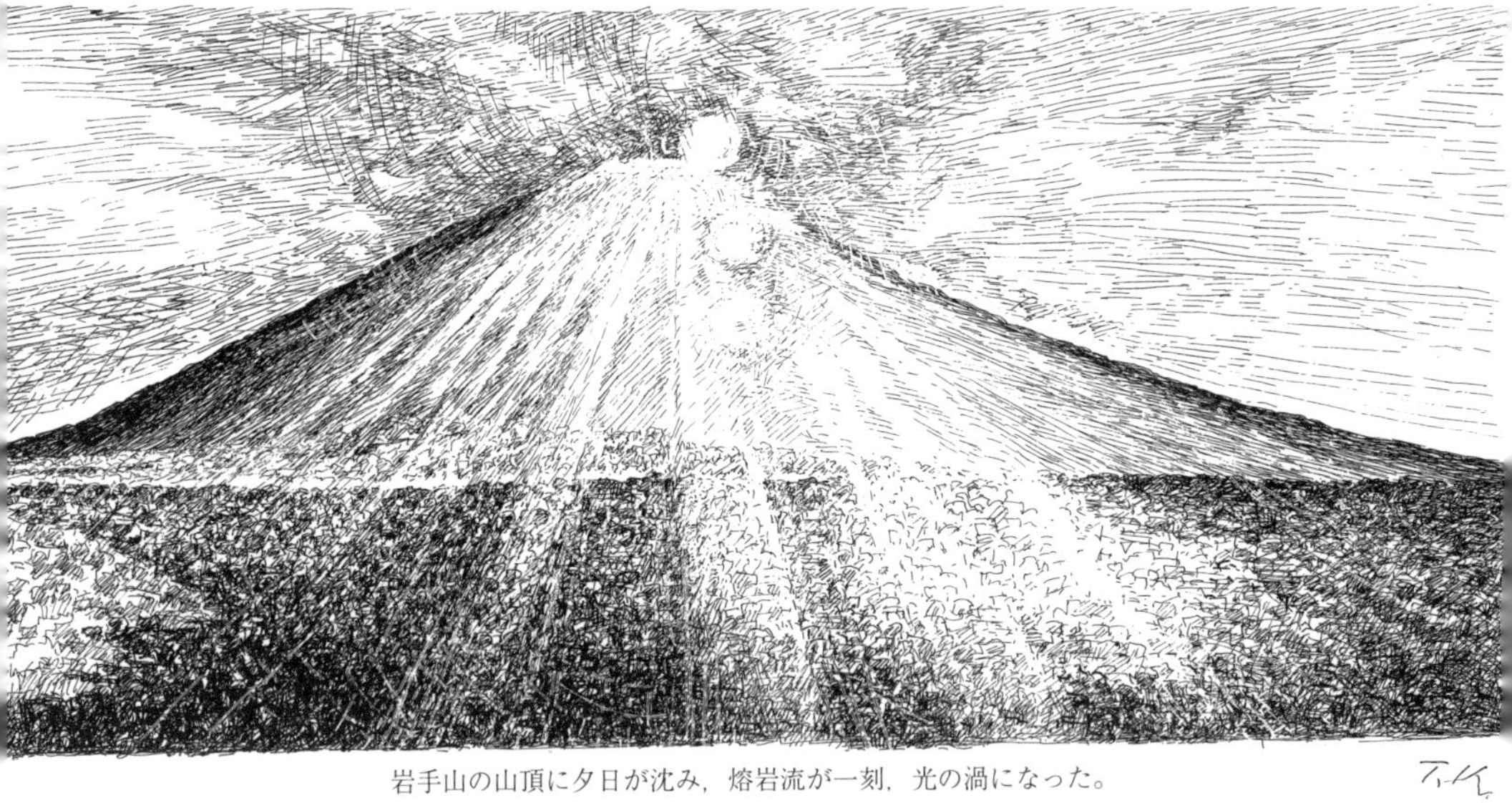

岩手山の山頂に夕日が沈み，熔岩流が一刻，光の渦になった。

ちゃうどひるの食事をもたないとこから
ひじやうな饗応《きやうおう》ともかんずるのだが
……

この熔岩流はいまだ新しいため、風化して土壌ができていないために、植物がまるっきり生えていない。もっとも岩塊の隙間から根を生やした樹木もいくらか見られるが、これは例外である。吉田東伍博士の『大日本地名辞書』を見ると、岩手山は貞享三年（一六八六）三月二日に頂上付近で爆発噴火が起ったが、そののちは噴煙も消えてしまったという。そして、それから三十三年たった享保四年（一七一九）の正月、今度は岩手山の中腹から熔岩が流れ出した。「東岩手火山の東腹に当り、焼走《ヤケハシリ》と称するもの、走れ《ママ》（走り？）即ち、山腹を破りて溢流したる一の熔岩流なり。享保四年正月の噴出に系り《ママ》、約三粁余を流走して、山麓の三森《ママ》（三ツ森）付近に及ぶ」と。

熔岩の表面は、賢治が認めているように苔がわずかに覆っている。それはまるでパンについた粉のようで、賢治もこれを見て急に空腹をおぼえたものらしい。そして、どうやら熔岩流の岩塊の上にリュックでも下ろし、どっかり腰をおろしたようだ。彼が訪れてから何十年もたって、私もそっくり同じことをしたように。その場所は多分、熔岩流の末端部分から五〇〇メートルぐらい上った、岩塊がひときわ盛り上ったところだったろう。彼は早速リンゴを取り出して、そのまま噛り出したらしい。

とにかくわたくしは荷物をおろし
灰いろの苔に靴やからだを埋め
一つの赤い苹果《りんご》をたべる
うるうるしながら苹果に噛みつけば
雪を越えてきたつめたい風はみねから吹き
野はらの白樺の葉は紅《べに》や金《キン》やせはしくゆすれ
北上山地はほのかな幾層の青い縞をつくる

彼はほっと一息ついて十分満足したようだ。そして、岩手山を背にしてぐるりとあたりを見回してから、やがて視線を東に向ける。すぐ手前には、いま通って来た三ツ森山の黄、紅、橙色に紅葉した樹海が果しなく続いている。北の方はそれに比べるとなんとなく暗く感じられるが、東側は圧倒的に明るい。そのずっと彼方に、青く澄んだ北上山地がくっきりと空に浮き上っていたことだろう。それは花巻付近で眺める光景よりはるかに野生的で、不思議な魅力をたたえている。

私も賢治と同じように、十月のある晴れた日、ここを訪れた時のことをまるで昨日のできごとのように思い出すことができる。それは北上山地の青い稜線があまりにも印象的だった。それはどんなスケッチブックをも拒否するかのような、様々な思いを秘めたものだった。私は真白いスケッチブックを閉じて、おぼつかない岩塊の上から腰を上げた。

狼森《おいのもり》への道

――［野馬がかつてにこさえたみちと］

賢治がもう晩年に近い昭和五（一九三〇）年に発表した短い詩に、「遠足許可」というのがある。

ぜんたいきみは
野馬がかつてにこさえたみちと
ほんとのみちが分るかね？

という書き出しで始まるこの詩を読んでいくと、おおばこ、センホイン、枯れた柏、うつぎ、ばらと植物名が出てくるだけで、この場所がどこを題材にして詠まれたのか、まったくふれられていない。そこで文脈を追っていくと野馬（放牧馬）がいて、丘や牧草があるらしく、防火線が作られ、泥炭地にある伏流のある状景がまず浮び上ってくる。そこでこれに似た賢治の書いた詩や童話をあれこれ思い出していくと、なんとなく山のある牧場風景、外山とか小岩井農場あたりの様子が、ぼんやりと見えてくる。しかし、これだけの状況証拠からでは、ほとんどこの詩の場所を確定できそうでない。

ではこの詩を賢治は、空想の世界として描いたのだろうか。しかし、この詩は実は新しい作品ではなく、以前に詠んだ未発表の詩を整理し、あらためて発表したものであることがいまでは分っている。大正十三（一九二四）年の十月に作られた［野馬がかつてにこさえたみちと］とある詩で、『春と修羅第二集』に無題で収録されている。第二集は賢治の生前に活字にならなかったから、『文芸プランング』三号に発表されたのが、初出ということになる。発表のものが十八行、第二集の方が十九行と一行多いが、実際は二行おきに一行空白としているので、全体では七行ほど長くなっている。内容もそっくり同じという訳ではないが、だいたい同じである。

しかし、この二つの詩をいくら精読してみても、詩としての優劣を論ずるか、その雰囲気を楽しむのが精一杯で、それ以上の発展はない。余程でないとその存在すら忘れられかねない。ところが幸いにも、この詩には「女に云ふ」という下書稿が遺されていた。これを見ると整理された詩とはまるっきり異り、岩手山があるかと思うと小岩井があり、狼森や柳沢まで揃っていて、たちまちこの詩の作られた場所、賢治がこのときたどったルートまで、おぼろげながらはっきりしてくるのだった。やはりこの詩も彼の心象スケッチであり、空想の産物ではなかった。そして、賢治の詩作にはひとつのパターンがあって、発表形式に仕立て上げるとき、たいがい特定の場所が伏せられてしまうのが常であった。詩の鑑賞だけなら、これでよいであろう。しかし、その詩の詠まれた場所や季節をもし知ることができたら、その作品への愛着やら理解をさらに深めてくれるにちがいない。

＊

もうすっかり昔のことになってしまったが、ある年の秋も深まり始めた十月末、ふとした気まぐれから、小岩井農場へ出かけてみようと思い立った。小岩井の北端から、岩手山の山麓まで気ままに歩く、なんの目的もない旅だった。この頃には小岩井農場の中は道路もまだ十分整備されていなかったから、観光客の車はほとんど入れず、秋が深まると人影がぱったり途絶え、静寂そのものだった。恐らく賢治が訪れた頃の小岩井は、いまからではとても想像できぬくらいの原始境だったろう。

この日は風がなく、午後の陽射しが惜しみなくふり注いでいた。私は十分満足し、山径をひっそりと歩き始めた。紅葉した樹々はまるで燃えるように紅い。道連れといえば、いくらか長くなり出した影法師以外だれもいないから、喋る相手もいない。この旅の道連れとも、賢治の旅ではもう随分と長い付き合いである。いないよりはいた方がよいのだが、まるで役立たずである。これがどこに隠れたのかさっぱり姿を見せなかったのは、熱帯地方の真昼の旅のときだけだ。それでも夕方になると、やけに長くのさばり出した。

どうやら私の旅と、大正も終りに近い頃の賢治の旅とは、季節といい時期といい、ほぼ同じころだったようだ。この旅に出る前に、「遠足許可」も第二集の方も、十分頭に入れてきた。そして下書稿の「女に云ふ」の方は、コピーにして持ってきた。こちらをまず引用しておこう。

馬のあるいたみちだの

ひとのあるいたみちだの
センホインといふ草だの
方角を見やうといくつも黄いろな丘にのぼったり
まちがって防火線をまはったり
がさがさがさがさ
まっ赤に枯れた柏の下や
わらびの葉だのすゞらんの実だの
陰気な泥炭地をかけ抜けたり
岩手山の雲をかぶったまばゆい雪から
風をもらって帽子をふったり
しまひにはもう
まるでからだをなげつけるやうに「して」走って
やっとのことで
南の雲の縮れた白い火の下に
小岩井の耕耘部の小さく光る屋根を見ました

どうやら発表形の「遠足許可」というのは、母からの許可のことを言っているらしいことが、この二つのタイトルを付き合わせると初めて分ってくる。この下書稿というのか初稿というのか、最初の書き出し部分の前に、「柳沢から小岩井に出る」と鉛筆で手入れがしてあったらしい。実はこの一行が重要で、もしこの通りなら、明らかに私のいま歩いているコースと賢治のコースとは、まるっきり逆になる。柳沢というのは岩手山の登山口にあり、場所としては大変不便なところである。わざわざここまで行って戻るということはないだろうから、あるいは岩手山に登った帰りに柳沢に下り、そこから小岩井を抜けて帰ったのかもしれない。

賢治はなにしろあわてていたらしい。よく知っているはずの場所なのに、彼は時間を短縮しようとしたらしい。鞍掛山の山下の放牧場やら、雑木林や叢林の中に踏み込んで、やみくもに南西方向に出ようとしている様子が窺える。ところが急いだあまり方向を見誤って、紅葉した丘に登ったり、防火線をめぐったりしている。そして、がさがさと枯れた柏の木の下を通り、陰気臭い泥炭地を駆け抜けた。この辺りはどうやら沼森の泥炭地だったようだ。以前、柏の大木が沢山あって、そのわずかなながごりを私も見て知っている。だから『注文の多い料理店』に入っている、「かしはばやしの夜」のモデルは、この辺ではなかったかと推測したのは別に書いた。また短篇「沼森」には、この付近のことが描写されている。

樹林の間から、岩手山の大きな山体が見えていたろう。年によると、山腹の紅葉が見事で、北斎の赤富士を見ているような錯覚さえ起させる。別に夕陽で赤くなっているのではない。もう山頂付近は雪の白い宝冠をかぶっていたようだ。これを横目で睨みながら、まさに体当りするような勢いで、南に駆け下り、姥屋敷の東をすり抜け、狼森には気付かぬまま、ようやく行く手に小岩井の耕耘部の建物の屋根を望んだらしい。ここまでがこの詩の前半部分である。

賢治がなぜこんなにまでして、あわてふためいて飛ぶように走ったか、理由はなにもふれられていない。文中からは推測の手掛りもない。ただ一九二四年の十月二十六日は実は日曜日で、賢治はなんとしてもこの日のうちに、花巻に帰り着かねばならなかったのだろう。この時の時刻も分りかねるが、「南の雲の縮れた白い火の下に」とあることから、午後を大きくまわっていたのであろう。賢治が眺めた辺りからなら、私も幾度も夕日を見たことがあるから、だいたい見当がつく。ならなぜ西と書かずに南と書いたのかと、反論を受けるだろう。それはすでに季節が十月末であり、日没はずっと南に寄っているからだった。

賢治はさらにこう続ける、

萱のなかからばっと走って出ましたら
そこの日なたで七つぐらゐのこどもがふたり
雪ばかまをはきけらを着て
栗をひろってゐましたが
たいへんびっくりしたやうなので
わたくしもおどろいて立ちどまり
わざと狼森はどれかとたづね
ごくていねいにお礼を云ってまたかけました

狼森の山裾（右手）

ここで狼森《おいのもり》が出てくる。狼森の付近は樹木が密生し、下草のササもひどく繁く、その中になにかくねくねと曲りくねった小径が続いていて、径などあってなきが如しである。こんな中に迷い込むと、すぐ方向を見失ってしまう。

こんなとき一番よい目安は岩手山であるが、辺りには笊森とか黒坂森とか、これに類した森山が沢山あり、樹木も邪魔をしてなかなか見えない。賢治はそんな茂みの中をつっ切って、萱の中からぱっと少し広い道にとび出したらしい。すると日だまりになった所で、七歳ぐらいの子供二人がクリを拾っていた。きっと姥屋敷あたりの子供たちだったのだろう。以前、小岩井農場を歩いていると、小学校があってよくこういった子供たちに出会ったものだ。話しかけたりすると、拾ったばかりのクリやクルミを惜しげもなく差し出したものだった。こんな思い出は忘れ難い。しかし、こうした小学校もいまでは閉鎖されてしまっている。

草むらから飛び出した賢治も驚いたろうが、子供たちだって熊ではないかとびっくりしたろう。ばつが悪くなって、賢治も狼森はどこかと訊ねたらしい。私はこれは狼森のすぐ山裾だったろうと思う。そこには栗の木が沢山ある。子供たちも知っていて教えたらしい。賢治は丁寧に礼を言って別れたようだ。私にはこの子供たちが、「水仙月の四日」の童話に登場する子供とだぶるのである。それにまた、賢治の書いた童話や詩の中で、この狼森は、いつも一つのキーポイントになってくれるのである。
ここから後はもう人里である。しかし、賢治はまだなんとか距離を短縮しようとしているらしい。ここで彼はすぐにこう続ける。

それからこんどは燧堀山へ迷って出て
さっぱり見当がつかないので
もうやけくそに停車場はいったいどっ［ち］だと叫びますと
栗の木ばやしの日陽《ママ》しのなかから
若い牧夫がたいへんあわてゝ飛んで来て
わたくしをつれて落葉松の林をまはり
向ふのみだれた白い雲や
さわやかな草地の縞を指さしながら
詳しく教へてくれました
わたくしはまったく気の毒になって

汽車賃を引いて残りを三十銭ばかり
お札にやってしまひました
それからも一度走って走って
やうやく汽車に間に合ひました
そして昼めしをまだたべません
どうか味噌漬けをだしてごはんをたべさしてください

それから「こんどは燧堀山へ迷って出て」しまい、どう行ってよいのかさっぱり見当がつかなくなったと言っている。この燧堀山というのがどこなのか、私には分らない。燧堀山というのを文字通り解釈すれば、鬼越山のことだろう。あるいは「燧石を掘る山」の所という意味なら、鬼越のことだろう。賢治は、田沢湖線のこいわい駅に出ず、鬼越の鞍部《コル》（峠）を越えて、盛岡に直行しようとしたのかもしれない。私はこの峠なら幾度も越えたが、いまは新しい道路で、賢治が越えたとしたらその当時の古い峠越えは結構たいへんである。しかし、このルートが賢治に分らなくなったらしい。下書稿に鉛筆で書き込んだものには、「いよいよわけがわからなくなって／大やけくそに小岩井はどっちだと叫ん」だのだと言っている。実際に賢治は、本当に自棄《やけ》っぱちになっていたのだろう。幸いこれを聞きつけた若い牧夫がとび出してきて、賢治に懇切に道を教えてくれたものらしい。

こうしてようやく峠を越え、盛岡に向って走りに走って列車にすべり込んだようだ。そしてようやく花巻の自宅に着いての第一声は、母に向って、お腹が空いた、お午ご飯も食べていない、味噌漬け

夕焼け雲が岩手山にかかった（小岩井農場）

でご飯を食べさせてけろと、言ったらしい。タイトルに「女に云ふ」というのが、この最後のおちだった訳だ。女は母の誤りではなかったか。

人によっては、この詩はただの記録にすぎないというであろう。たしかにこれは、彼の圧縮された旅のメモと言った方が正しいかもしれない。だからこそ彼はのちに、まったく違った作品に仕立ててしまったのだった。しかし私は、この詩のおかげで、彼の書いた童話の舞台の裏付けが、随分沢山とれたと思っている。それを具体的に説明するのが、いささか煩わしいだけだ。

狼森の付近はいまだ自然が残されているものの、年々の変化にはとても追いつけない。元々、小岩井農場の自然は人工的な臭いがきわめて強いのであるが、最近の変化はとてもそんな程度ではない。だから、小岩井に来さえすれば、賢治がたどった跡を体験できると思うのは、もう無理であろう。どしどしと道路網が完備されれば、たちまち周辺の風景は変わり果ててしまう。

大正時代の末期、賢治が大あわてて北から南へと走り去ったのと逆に、私は南から北へ向ったが、秋の夕日は急速に弱まり、なんとも表現できない雰囲気を醸しだしていた。それは東北の秋の陽射しが、東京辺りのものよりずっと弱々しく、光と影が微妙であることだった。それでも光の当った木の葉などは、どれもこれも金を張った板に変わっていた。

まるでとるに足りない小さな丘が、狼森などと立派な名を付けられて世に紹介されたのは、なんといっても賢治の功績が大きい。もし彼が気まぐれに童話として「狼森と笊森、盗森」という作品を書かなかったら、こんな丘をわざわざ捜しに来るほどの酔狂者はいないだろう。そんななんの変哲もない森山に、陸地測量部の技官が「狼森」と命名して地図へ記入したのは、いまになってみるとミステリーとしか言いようがないが、土地の人はこう呼んでいたにちがいない。

ただ地図では〈狼〉に〈おおいぬ〉とルビを振っているのが不思議でならない。東北のこの地方では、狼を一般に〈おいの〉と呼んでいる。なぜここですれ違ってしまったのかは、私にも分らない。賢治があえて〈おいの〉と呼んだのは、地図の呼び方を訂正したかったのかもしれない。

賢治はとぼけて狼森はどれかと子供たちに訊ねたけれど、私には訊ねる相手もいなかった。まあ来たついでだからと、狼森の斜面を少し登ってみたものの、雑木は乱雑に密生し、とても登ることはできなかった。どうせ登ったところで、頂上からの展望は樹木が繁りすぎて無理だと分ったので、中途までですっさと諦めてしまった。なんの未練もなかった。狼森の西側はすっかり拓けているので、岩手山の圧倒的な山容が大きくのしかかってくるようなのだ。この光景を見ていれば、その昔、岩手山

岩手山麓（小岩井農場）の夕景。空からドッと光が降ってきた。

が噴火していた頃の情景が、いくらでも想像できたろう。

狼森の山麓でぶらぶらと無駄に時間をつぶしてしまったため、賢治と同じようにあわてふためくはめになってしまった。岩手山の西南のスロープを、夕陽に照らされた光がまるで蛇が滑るようにすーっと山裾まで下っていくと、辺りはたちまち薄暮に覆われ、それでもまだ思い残りがあるのか、岩手山山頂の上に漂う白い雲が、いまではピンク色がかったオレンジ色に輝いている。地面には、連れの影法師も今度こそ見切りをつけたらしく、跡形もない。

これからは走りに走る。森も野原ももう一切合財が目に入らない。小岩井農場の〝グリーンランド〟は、いつか〝パープルランド〟に変身し、宵闇はますます迫ってくる。しかし、万事休す、ついに追いつかれた。日が暮れると、急速に気温が下り始め、寒い上に心細くなる。しかし、日本という島国は、大陸と比べたらなんと温暖なことであろう。いくら寒いといっても湿潤の寒さで、「身を切られるような」という表現とはまた違っているようだ。風景もまたしかり、そこに住む人の性格もしかりである。夜目にぼーっと浮ぶ狼森のシルエットすら、さっぱり恐ろしくは映らない。ここにはその昔、山犬《オオカミ》が沢山棲息していたのだろうか。狼でいえば、かつて中央アジアの天山山脈の只中で現地の人から言われた言葉が忘れられない。――「夜分は一人で出ないで下さい。オオカミが沢山いますから」と。

リンドウ

玉髄のささやき——鬼越峠を越えて

——玉髄のかけらひろへど山裾の誰におびえてためらふこゝろ

この和歌は、大正四（一九一五）年の四月以降に詠んだ一首だという。この年の四月、賢治は盛岡高等農林に入学したから、在学中の早い時期に作ったものであろう。この歌の前の余白に、実はさらにこんな文語形にしたものが、鉛筆で書かれている。

友だちと
鬼越やまに
赤銹ひし仏頂石のかけらを
拾いてあれば
雲垂れし火山の紺の裾野より
沃度の匂しる《（ママ）》く流るゝ

幸いこの書き込みのお蔭で、玉髄のかけらを拾った山裾が鬼越山であったことが分る。この中で仏頂《ぶっちょう》石とあるのは、玉髄が岩石の空洞内で乳頭状・ぶどう状などしているのを、こう呼んだものらしい。これらの歌の他に、いま一つ別のものが遺されている。

玉髄のちさきかけらをひろひつゝふりかへり見る山すその紺

がそれである。どちらの歌にしても、なぜか賢治はなんとなくびくびくしながら、玉髄の岩片を拾い集めている様子が描かれている。終りの歌の「ふりかへり見る山すその紺」の「山すそ」は、多分、「火山の紺」と同じで岩手山のことであろう。

もうはるか昔、私には賢治の詠んだこの歌の一節が妙に気になってしかたがなかったが、具体的にこれがどの辺のことかまるっきり分らなかった。玉髄と鬼越とが、うまく合致しなかったのだ。深く考えることもなく、いつか時が流れていってしまった。童話にもなっておらず、とかく読みとばしかねない初期の短歌に、興味もなかったのだった。

ところが賢治が盛岡で学校生活を送るようになると、休日にはせっせと盛岡周辺の山野を歩きまわり、友が鉱物採集用のハンマーと五万分の一地形図であったことが分ると、彼の歩いたコースが自然と限定されてきた。堀尾青史氏の『年譜宮沢賢治伝』によると、大正四年の夏、賢治は仲間と岩手山麓のメノー山（瑪瑙が出た山）に出かけ、ひどい雷雨に遭ったという記事がある。ただ堀尾氏の記載には、この瑪瑙《めのう》山がどこにあったかという記録はない。だから当時、私は瑪瑙山にも玉髄にも関心が薄く、追究せずにしまった。

賢治の玉髄を拾ったとされる地点がはっきりせぬ以上、これは話題にならぬものと思ったものの、あるいはまだ賢治の作品（遺稿）のどこかに、この謎を解く鍵が潜んでいるのではないか、それを自分が気付いていないだけではないかと思うようになった。すると「明治四十二（一九〇九）年四月より」という歌稿の中に、いま一首気になるものが混っていた。

鬼越の山の麓の谷川に瑪瑙のかけらひろひ来りぬ

がそれである。明治四十二年というと、賢治が盛岡中学に入学した年であり、この歌も賢治が盛岡周辺を歩いたときの記録と思って、ほぼ間違いはないであろう。ここでは「玉髄のかけら」が「瑪瑙のかけら」になっているものの、玉髄と瑪瑙は同じものだから問題はない。しかもこの歌の中には、はっきりと「鬼越の山の麓」と石片を拾った場所が記してあり、堀尾氏の記載のように不特定の場所ではないことだった。謎はあっけなく解決された。

盛岡がまだ新幹線のターミナル駅になっていなかった頃、ここはやはりなんといってもみちのくの町であった。東京から汽車で来るにしても、一日がかりだった。春いまだ浅い頃、盛岡の町を歩くと、柔らかな柳の芽がちらちらと北上川の川面に影を落し、のどかなたたずまいだった。

天気のよいときには、町の北西方向にまだ雪をいただく純白の岩手山の秀麗な稜線が望まれ、この山への憧れが一層強く意識されるようになる。町を岩手山の方向に出ると、真北に向って一条の道が延びている。これをそのまま北上すると、やがて道は南北に続く海抜せいぜい三、四〇〇メートルほどの低い山並と並行して走るようになり、そのまま北に行けば滝沢村に出る。ここで左手に折れると柳沢をへて岩手山の登山口に達してしまう。またもしこの道を曲らずそのまま北へ行けば、一本木の原野に出てしまう。辺りは広々とした波打つ野原と、低い森山で、開発という破壊の荒波がこの辺りまで押し寄せていなかった当時は、実にすばらしく、のどかな場所であった。だからこの辺りを歩くと、いたる所が賢治の詩と童話の舞台だったのである。

しかし、滝沢や一本木野まで行かず、盛岡郊外のすぐ手前で小さな諸葛川を渡り、水田や畑の中を北西へとたどると、すぐに例の低い山並の麓に達する。この路傍に駒形神社の境内があり、チャグチャグ馬子という馬の祭りのとき以外は、いつもひっそりとした神社である。ここからいよいよ山の手にかかる。この神社から山径に入ると、賢治の詩ですでに見たように鬼越坂、すなわち峠《コル》に達するのだ。そしてこの峠（鞍部）を向う側（西）に越えたところが、小岩井農場なのである。

一般に盛岡から小岩井農場に行くには、秋田街道か、田沢湖線でこいわい駅まで行くのが順当なコースであるが、小岩井の北側、とくに姥屋敷に行くには、この鬼越坂のコースをとるのが一番手とり早く、最短距離なのである。だからこのコースは、かつてなかなか賑わったものだったという。

この鬼越の鞍部《コル》は、高度はせいぜい三〇〇メートルにすぎないが、それでも麓から登るとなると上り下りが結構大変で、徒歩で越すのは楽なものではなかった。そんなこともあって、この旧道はいまは使われず、南側に車も通れる立派な道が開削されたので、鬼越坂はいまほとんど廃道と化してしま

鬼越（山）

った。

大正十三年に刊行された、九篇の作品から成る童話集『注文の多い料理店』を、いま新しい目で眺めていくと、このうち半分以上の五篇はどうやら岩手山麓を舞台にした作品だったような気がする。ただこのうち童話の舞台設定をはっきり明記したのは「狼森と笊森、盗森」と、七つ森と明示した「山男の四月」だけである。とくにこれら小さな森（丘）は、いずれも小岩井農場の南と北にあるものだ。

　農民と自然との交歓を描いた「狼森と笊森、盗森」の書き出し部分を見ると、こんな情景が描かれている。――岩手山が噴火を止め、いつかこの山麓の野原や丘にも草や木が育つようになった。そんなある年の秋、けらを着た四人の百姓が山刀《なた》や三本鍬《くわ》・唐鍬をしっかり身体にしばりつけて、「東の稜《かど》ばった燧石《ひうちいし》の山を越えて」、この森に囲まれた小さな野原に入って来た――と、ざっとこのような書き出しから、この童話は始まる。「小さな野原」というのが、いまの小岩井農場を指しているのは明らかであろう。すると、「東の稜ばった燧石の山」というのはどこだったのか、燧石が玉髄、瑪瑙と同じものだということが分れば、燧石山が鬼越山（坂）であることは、たちどころに判明してしまう。

賢治はこの童話を書く上で、ずっと昔、いまだ盛岡で学生生活をスタートしたばかりの頃、日曜巡検で採集した「玉髄のかけら」「瑪瑙のかけら」のあった鬼越山を下敷にして、この童話の導入部に利用したのであろう。決して賢治が頭の中で空想した、非現実的な世界ではなかったことが分る。

ところが、私がこの鬼越の鞍部《コル》を妙に気がかりになり出したのは、これとは別の童話「水仙月の四日」であった。この小品もやはり『注文の多い料理店』の中に入っている。あまり先入観を持たず丁寧に主人公の子供の行動を追っていくと、いろいろな点が浮び上ってくる。まずこんな風である。

――「ひとりの子供が、赤い毛布《けっと》にくるまって、しきりにカリメラのことを考えながら、大きな象の頭のかたちをした、雪丘の裾を、せかせかとうちの方へ急いで居りました」と。

このとき顔をリンゴのように輝やかせた雪童子《わらし》（少年）が、この象の形をした丘にのぼり、白と藍いろの野原にある「美しい町をはるかに」眺めていた。そこには「川がきらきら光って、停車場からは白い煙も」あがっているのだった。雪童子が、今度は目を丘のふもとに落してみると、「その山裾の細い雪みち」を、さっきの赤毛布を着た子供が、せっせと家に急いでいるのが見えた。ところがこのとき、「ぼやぼやつめたい白髪」頭をした雪婆んごが、叱咤して雪嵐を吹かせているのだった。

雪嵐はたちまち、赤毛の子供に襲いかかり、子供は足を雪から抜くこともできず、「峠の雪の中に」

倒れてしまったのだった。子供はなんとかして起き上ろうとしながら、とうとう力尽きて、雪の中で動けなくなり、雪はたちまち倒れ伏した子供を埋めてしまった。ところがこれを見ていた親切な雪童子は、残酷な雪婆んごの目を盗んで、翌朝、朝日が昇るころに雪の中から子供をそっと助け出した。

この「水仙月の四日」をざっと見ていくと、子供が倒れた峠、雪童子が町の停車場を眺めたという象の形をした丘が、どうも鬼越坂のように思えてくる。いや「象の形の丘」というのは、旧道の鬼越坂の南西、いまの新道の南西の端にそびえる無名の峠（四六六メートル）だったような気がする。すっかり森林で覆われたこの山は、この辺りでひときわ高く三角形にそびえ、峠を越えるには否でも応でもこの山裾を通らねばならない。峠にとって一つの標式塔のようであり、目印でもある。私はこの山裾を一体どれほど通ったことだろう。

何十回となく、小岩井農場へ行く最短のコースとしてこの鬼越の峠（新道）を越えたものの、歩いて越えたことはほとんどない。またこの峠路にかかっても車から下りて、山裾をほっつき歩くことなどまずなかった。あってもせいぜい数回を出ないであろう。鬼越の峠は、私の幻想の世界にしか存在しなかったのだ。

ある年の五月のことだった。仲間の写真家Hさんと二人で、たまたま小岩井へ行くため、この鬼越の峠を越えることがあった。勿論、新道の方である。すでに五月になれば、草は道の両脇の溝をすっかり埋めるほど繁茂し、アスファルトの路面を除けば、地面はまるっきり見えないほどだった。賢治は一体、季節はいつ頃、この辺りを歩いたのだろう。あのときから算えてももう六、七十年の歳月は流れている。きっとこんなに草の生い繁ってはいない、四月頃のことだったのではあるまいか。草が生えてしまうと、川原や露頭の出た崖でもない限り、地質調査や岩石採集には向かないのである。

賢治ならぬわれわれはせっせと路傍の石ころを捜し始めた。賢治は一切説明をしない。あるのはただ数篇の詩という、暗号文のようなものにすぎない。どこの場所で、いつ、どんな風に岩石採集したかには、具体的になに一つふれていないのだ。彼の詩に従えば、鬼越の山の麓の谷川で、瑪瑙のかけらを拾ったと言っているにすぎない。この辺には小さな谷川ならいくらでもあるが、どこの谷川か分らない。われわれ二人は手分けし、その付近の小川をのぞいたり、石をけとばしたりしてみたが、すぐにこれは無駄だと諦めた。石は泥土で汚れ、とても瑪瑙だか玉髄だか知らないが、そんな石ころなどありそうでなかったからだった。

二代目の賢治は、質も落ちるが初代賢治のようなデリカシーの持主ではない。たちまち軽口をたたき始める。

「これはだめだ。谷川なんかで拾えっこない」

「詩人は嘘つきだから、きっと法螺《ほら》だよ。山の中に入ったにちがいない。でもなんで賢治は鬼越の瑪瑙に気付いたんだろうな」

「それは昔、マッチのない頃、火打石としてここから採集されていた石を、賢治はきっとだれかから聞いて知っていたのだよ」

「なるほど、フリントという奴だね。明治末年か大正時代には、この鬼越山あたりはまだ地権者がはっきりしていて、勝手に山に入るのは禁じられていたのかもしれない。だから彼は石を拾うのにもびくびくし、山に入ったと言わず谷川などと言ったのかもしれないな」

「賢治は、いま少し詳しく調べれば瑪瑙が宝石材として利用できると、考えていたんやないか」

「きっとひと山あてて、お大尽になるつもりだったんだよ」

「瑪瑙大臣なんて聞いたこともない」

このときは碌な石ころ一つ拾えなかったので、散々ぱらお互いの低能ぶりの悪態をついて、引き揚げることにした。

このときからまた何年か無為のうちに去った。この道は幾度も通ったが、いま一度挑戦する気はまるっきり起らなかった。しかし、なぜだったか分らないが、同じ悪い仲間が鬼越で石を捜す気を起したのだった。

「賢治は歌の中で、谷川で石を拾ったように書いているけど、石はそんな所にあるはずないよ。山の中に入ってみよう」

新道の西に峠を越える、ちょうど西南の角に、例の無名の山がそびえている。だからそれを鬼越山と命名してしまうことにした。こんな山というより丘というべきものは、まるっきり魅力がないから人も入らず、径というものもない。草や雑木林をがさがさ押し分け、山裾の西側に出た。たしかこの辺りの山の斜面にはかなり以前、人が掘り返したらしく、山がえぐられて崩れ、ところどころ穴になったところもある。そこには乳白色した質の悪い瑪瑙が、沢山石屑としてころがっていた。

「碌な石じゃないね。こんながらくた石では首飾りなんてとても無理だよ」

「賢治は玉髄と書いているから、期待は大きかったんじゃないのかな」

「『春と修羅』のとくに〈小岩井〉を詠ったのには、随分、玉髄という表現が多いよ。あの頃の賢治には西域への憧れと玉髄への思い入れが、相当大きかったんだと思うね」

「こんな石じゃ興醒めだ」

「だから賢治はそれ以後、口を噤んでなにも喋らなくなったんだよ。あんなに誉め上げてしまったんではばつが悪いよ」

「鬼越は小岩井に入る峠だから、賢治は小岩井に来るたびに玉髄を思い出していたんだよ、きっと」

「もしかすると『春と修羅』の表現上の謎を解く鍵も、この峠が握っているのかもしれないね」

二人の小盗人は、品質としては劣悪な瑪瑙を両手一杯に持ったものの、段々と腹にすえかね、次々と捨て始めた。山の急斜面は樹林が密生し、両手を使わなければとても歩けない。

「いい石なんて全然ないじゃないか」

「この前、賢治研究家の宝石学の大家が、×××放送局のスタッフを連れて来て、洗い浚《ざら》い持って行ってしまったんだよ」

散々悪たいをついてここで話がとぎれ、二人は早々とこの陰気な山から退散することになった。

三度目に性懲りもなく鬼越峠にやって来たのは、いつの頃だったろう、季節はよく思い出せない。ただ今度は、珍らしいことに若い女性が一人加わった。多分、一番驚いたのは、この面白くもない名前を頂戴した鬼越山だったろう。

「俺たち美女と野獣というところかな。それとも美女と二人の小悪党」

「いいのかな、婆さん焼き餅やくぜ、きっと」

「大丈夫、大丈夫。いま暑い季節なんだから」

思い出した。このときたしか汗をびっしょりかいたから、もう暑い季節だった。五月か六月だったにちがいない。ここで不用意にも「婆さん」と呼んだのは、けっして連れの女性のことではない。「水仙月の四日」に姿を見せる雪婆んごのことだ。ここでもっとひどいことを一席ぶったように思うが、詳しいことはもう忘れた。――多分、こんなことだったような気がする。東北の女性は、若い頃は本当にやさしく、親切で、こんな女性が世の中にいるのかと思うくらいだ。ところが婆さんになるともう大変だ――ざっとこんなことだったろう。いま少し具体的に説明すれば、男はからきしだめだから、女性がしっかり家を管理するようになる。たいがい男は呑んだくれで、うっかりすると「かまど返し」(破産)をしかねない。だから、自然と厳しくなるんだよと。「賢治がモデルにした婆さんなんて、昔はなめとこ山の熊みたいに、その辺中に沢山いたのさ」。この娘だっていつ……、とここまで言ってあわてて空咳をした。三人とも母親が純粋な岩手人だから、あとは言わなくたってよく分っている。

賢治がこの鬼越の峠をほっつき歩いたのは、明治末年から大正時代だったから、その頃は街道といわれるほど活気があったろう。道が人の足で踏み固めた beaten truck といわれたようなときは、道にも感情があった。それが単なる交通の手段になってからというものつまらないものになり下ったのだ。

車を停めて、左手の藪の中にがさがさ入り込む。すぐに急な山の斜面で、小半時間、悪戦苦闘の末、やっと山頂らしきところに着いた。予想に反して、頂上は二つのこぶになっていて、しかも雑木が生い繁り、とても展望なんてできない。空は賢治流にいえば、トルコ玉いろした青い空で、カシュガル産の苹果《リンゴ》のような白い雲が浮び、よく晴れている。峠を下ったすぐ西の山麓に見えるのは、新鬼越池という溜池である。その先に狼森（三七九メートル）と、姥屋敷の集落、そして笊森や黒坂森らしき黒い森山が続く。ずっと真北にたしか沼森があるはずだが、手前の山に邪魔されて視界に入って来ない。

その背後に、圧倒的な岩手山の美しい稜線と鞍掛山がありありと展開する。賢治の初期の作品群、『春と修羅』『注文の多い料理店』の舞台——いわゆるイーハトーヴの世界が一望におさまる。この山から望んだ歌が一首ぐらいあってもよさそうなのに、まだそれらしきものにぶつからない。読み方が悪いからなのか、「要するに賢治先生、下ばかり見ていて、肝心の遠くは見ていなかったのさ」というのがわれわれの結論で、またがさがさ下りにかかった。「こうなると、若いおねえちゃんも山姥の予備軍だな」と、どっちかが軽口をたたく。

下っていて気付いたのだが、山の斜面のあちこちに、大きな穴がえぐられている。昔掘ったものらしく、半分崩れ、土で埋っている。大規模に火打石の露天掘りをしたのであろう。しかし、安いマッチが出現して需要がなくなり、といってこんな品質では装飾品にもならず、やがて忘れ去られてしまったのだろう。

今回の鬼越の成果も、汗一斗の草臥《くたび》れ儲けの他になにもなかった。鬼越は、これまでの賢治研究からすれば、ほとんど見落されるか、無視されるか、忘れ去られたといっていいところだったろう。こんなとるに足らぬ峠など、賢治研究になにほども影響ありとは思えなかったからだろう。しかし、鬼越峠はいまでこそその価値を失ったが、賢治の時代には盛岡方面との交通の重要なルートであり、一つの関門のようなところであった。西域における玉門関のようなところだったのだ。歩いて小岩井や岩手山麓に入って来る賢治には、避けて通れない道だったのである。

どうした訳か、それほど重要なルートだったのに、賢治は鬼越についてめったにふれなかった。ここで産出する石英の結晶体と鬼越とを、ほとんど結びつけて紹介すらしなかった。だから玉髄、瑪瑙《めのう》、燧《ひうち》石、仏頂石というものが、本来、同一の石であったのに、なにか別物か関わりなどないかのようにばらばらに分けて書かれた。それにみながひっかかった。私の採集したものでいう限り、鬼越で産するメノウは、いずれも乳白色をしており、いくらかピンクがかったり、緑がかったものもあったように記憶するが、一般のフリント（火打石）にみる黒色はみかけなかったような気がする。それにとても高価な飾り石になりそうな代物ではない。

鉱物学的にいえば、玉髄は色が均質で、メノウは色が帯状になっており、玉髄も色ちがいで紅玉髄、緑玉髄などと分けられる。賢治は「小岩井農場」を詠んだ詩の中で、「から松の芽の緑玉髄《クリソプレース》」と使っている。彼が鬼越で拾った石片の中には、こんな緑色がかった石もあったのかもしれない。また赤い血のような班点が含まれたものは血石というらしいが、これは別の詩「薤露青」の中では、血紅瑪瑙として使用されている。

鬼越の石は、賢治がどんなに夢をはばたかせてみたところで、所詮はせいぜい火打石に使える程度の品質でしかなかった。しかし賢治にとって、鬼越の玉髄は宝石への果しない夢を抱かせるものであったろう。のちに彼が真物の宝石ではなく、人工宝石の商売をしようと考えたそもそもの出発点は、この鬼越の石片あたりに潜んでいたのかもしれない。

ただここで思い出されるものが一つある。ヒマラヤ山脈の西にある有名なカラコラム峠は、かつて中央アジア方面とインドを結ぶ重要な峠であった。十九世紀の初め、ここを踏破した現地人の情報収集者であったミール・イゼット・ウラーは、カラコラム山脈中で峠を越える途中、「ここにある石は有害で、健康によくない匂いを放っている。燧石《ひうちいし》（フリント）と瑪瑙に似た小石がここで見られる」と、興味深い報告をしている。前にすでに引用した賢治の詩の一節に、「赤銹ひし仏頂石のかけらを／拾いてあれば／雲垂れし火山の紺の裾野より／沃度の匂しるく流るゝ」とある。これをどう関係づけたらよいのだろうか。

燧石――フリントなどといっても、いまではすでに死語になったが、かつてマッチが大量に出回るまで、人類にとって何千、何万年もの間、なくてはならない必需品であった。そういう意味からすると、鬼越の峠はいまは思い起す人もいない平凡な峠にすぎないが、その昔、重要な道具の出土地として近辺の人々に記憶されていたにちがいない。だから賢治はこのことを知っていて、「狼森と笊森、盗森」の中でもふれたのであろう。いまはもうだれ一人思い起すこともなく忘れ去られた鬼越の玉髄が、もし口をきくことがあったら、柏に代わって今度は一体どんなことをささやくことだろうか。――「俺のこと忘れるんじゃないぜ」。

外山への夜の旅㈠

――［どろの木の下から］

北上山地が微妙な自然の中で舞台化粧に余念のないのは、多分、春と秋の二回の自然公演のときであろう。この季節だけは、ときにけだるく平凡な北上山地が、最も華麗に変身するときである。しかし私には、紅葉の衣裳に一切を燃え尽す秋より、ゆらゆらと陽炎《かげろう》のもえる春の北上山地が、なによりも一番なつかしい。

ある年の四月末、盛岡の北東に当る外山に行ったことがある。辺りの山地一帯はちょうど下草も萌え始め、淡い緑色に地面が覆われだす時期であった。賢治がホームグラウンドとしていた盛岡の北西の岩手山麓とちがって、この北東方向は高原状で、盛岡の町外れからすぐ山地にかかり、ここのうねうねと続く山道を登って行くと、次第に盛岡の町並が遙か眼下に広がるようになる。ここは賢治の描く他の作品の世界と、まったく違った印象を与える。これまで私もしばしば盛岡に出かけることはあっても、外山の方へあえて足を延ばしたことはめったにない。これまでにも賢治に外山を詠んだ一群の詩のあることはよく知っていたが、なぜか後まわしにしたい気が先走って、なかなか訪れる機会がなかった。

賢治が外山に出かけた大正十三年から、半世紀以上もたってからでは、ほぼ同じコースを歩いて、彼の印象を自分の旅と重ねてみようという気持は、私にはもうなかった。彼の亡くなった年齢を越えてからというもの、私にはなにをするにもすっかり情熱が失われていたからだった。外山が、私に一番最後まで残された理由は、この他にいま一つあった。外山は賢治にとってすらテリトリーの埒外にあったような気がしたからだった。ただそう感じたに過ぎなかったのだが。

実際、賢治と北上山地との関わりは、大変に大きかった。しかし、早池峰山周辺の山々、ずっとこれより南に下った種山ヶ原の明るい世界と比較すると、外山周辺の高原や山は、一味も二味も違っているように思えた。外山は結構不便なところにあるため、賢治も大正十三年以後は、生涯に二度と訪れなかったようである。彼も印象がよかったら、それでも幾度かは行ったろうが、なぜかそれをしていない。魅力が乏しかったのだろうか。

＊

大正十三（一九二四）年という年は、歴史的には別に大きな事件のあった年ではない。しかし、こと賢治にとっては格別意味のある年だった。東京出奔から花巻に帰り、稗貫農学校の教諭になり、彼は好きな事をし、好きな所にも出かけられる、かなり自由な身分になっていた。こうした精神的・物質的な安定の他に、この年に賢治は生前に出版した二冊の本を世に送っている。四月に詩集『春と修羅』、十二月に童話集『注文の多い料理店』である。とくに『春と修羅』の発行日四月二十日は、彼

北上山地。外山から見た岩手山。

が外山に旅している日に当る。しかし、発行日など当てにならず、ましてや自費出版であっては、すでにとっくに出ていたか、印刷中のどちらかだった可能性が強い。それでもこの頃、彼の気持としては、大いに高揚していたことであろう。年齢もいまだ二十八歳、心身ともに健康で、彼の人生最良のときだったにちがいない。

こんな大正十三年の四月十九日の午後、彼はふらりと盛岡郊外を抜け、寂しい外山へ一人で出かけた。この外山に関わる賢治の足どりについては、池上雄三氏の克明な実地調査があり、賢治の旅の背景についてはもうなに一つ加えるものがない。*賢治にとってはこの旅も、単なる散策という訳ではなく、馬の飼育や種子付けの見学などがあったらしい。そういったことはともかく、池上氏の実証的な学問とは別に、私は私なりのごく個人的な、ある春の日の体験だけにふれておきたい。

正確にいうと四月十九日、賢治は花巻の農学校の授業を終えると東北本線に乗って盛岡駅まで行き、そこからぽつぽつ歩き始めたようである。この間の日記はないから想像するしかない。記録で見る限り、連れはどうもいなかったらしい。仲間といえば手帳と鉛筆（シャープペンシル）、それに地図（五万分の一の地形図、盛岡・外山）だけだったろう。

賢治の歩いた四月のこの時期、私も同じ場所付近をたどったことがある。ただ夜でなく昼間である。いまはすばらしい道が出来ているが、当時は随分と寂しい野道であったろう。魅力などまるでなく、季節はいまだ肌寒いくらいだ。遠く見える岩手山はまだ真白である。といってあたりの高原風の原野には雪こそないものの、昨年の枯草がいまだ一面生い繁り、北から吹く風は痛いほどで、とても呑気な散策などといえるものではない。

さすが雪国育ちの賢治には、こんな寒いなどという愚痴はみえない。しかも昼間歩くのでなく、こんな寂しい風景の中を夜中に行こうというのだ。私にはもう酔狂としか思えない。ただこの十九日から二十日の夜を選んだのは池上氏の調査によると、満月の夜だったからだという。ならば夜道とはいえ真昼のように晴れて、明るかったであろう。

暦の日付はどこも同じではあっても、ときに平気で嘘をつく。ここ北上山地も暦の上では明らかに春とはいえ、ぽかぽか陽気とはほど遠い。まだまだ肌寒くて、とても春の宵などと浮かれてはいられない。北上山地は、まだ春の本番ではないのだ。夜に入ると、別に物に驚かされずとも、思わずぶる

サクラソウ

っと身震いすることだって稀ではないのだ。

賢治は、この外山の夜のアドベンチュールの印象を、合計五篇の詩に詠んだ。詩人は嘘つきの例にもれず、彼も最終稿ではしばしば真実を隠蔽したが、幸い下書稿が残されていたこともあって、彼の最初に受けた新鮮な印象にはかなり迫ることができる。その詩を順序よく並べると、

一九二四年四月十九日　六九（詩番号）路傍（下書稿(一)）→［どろの木の下から］
　　　　　　　　　　　一七一　水源手記（〃）→［いま来た角に］
一九二四年四月二十日　七三　有明（〃）
　　　　　　　　　　　七四　普香天子→［東の雲ははやくも蜜のいろに燃え］
　　　　　　　　　　　七五　浮世絵　北上山地の春→北上山地の春

この一群の詩は、生前未刊の詩集『春と修羅　第二集』に収められたが、詩の番号は随分とびとびであるものの、この詩の順序がすなわち彼のたどったルート沿いの印象手記らしい。

賢治が何時ごろ盛岡に着き、歩き出したのか時間はまるっきり分らない。しかも、盛岡からどのルートをたどったのかも、正確には分らない。ごく常識的に考えれば、中津川の北側の閉伊街道にとりつき、ここをどんどん北に向ったのではなかったろうか。あるいは山田線沿いの米内川に沿って北上し、いまの松本平、米内沢を通り、県道のすぐ南側の沢沼の径をたどったのかもしれない。ただこのルートは、池上氏も言われる通り、いまはすでに廃道になって人の通る道ではなくなったことだった。

「路傍」（下書稿㈠）の中で、

四本のくらいからまつの梢に
かがやかに春の月がかかり
やなぎのはなや雲さびが
しづかにそこをわたってゆく
……

と詠む。賢治はどうやら路傍にある四本のから松に、春の月がかかっている情景を描いているが、なんとも平凡である。この後すぐ続いて、どこか農家の厩で馬の胸に吊した鈴が鳴っている様子に、話が移っていく。ところがこの下書稿㈡になると、どうも様子が違っている。

ひっそりとした丘のあひ（ママ）
月のあかりのいまごろを
巨きなドロの木の下で
いきなりはねあがるのは
原始の素朴な水きねである
……

そこらで鈴が鳴ってゐる
そこには一軒鍵なりをした家があって
鈴は眠った馬の胸に吊され
……
向ふの丘の影の方でも啼いてゐる
それからいくつもの月夜の峯を越えた遠くでは
風のやうに峡流も鳴ってゐる。

となって、賢治のたどった路傍の情景が、いま少し具体的に浮んでくるが、から松がいつの間にかドロの木に変わってしまっている。

どうやら賢治がいまいるのは、ひっそりとした丘の間の農家の近くらしい。月の明りに照らされたドロの木の下に小川が流れ、そこで素朴というよりか原始的な水杵《きね》のはね上る音を聞いたようだ。きっとバシャッと、かなり激しい音を立てたのであろう。この「水きね」の絶え間ない音を響かせている辺りの情景を、賢治は一度こう書いて消している。「丘も峠もひっそりとして」いるけれど、昼間見ればその辺りの草はきっと桜草《プリムラ》も咲いているだろうし、小川も流れているにちがいないと。

別に東北の農家に限らず、人の住居は小川の流れに沿っているのが普通だった。川の流れは人の生活に欠せない。食器も洗えば、洗濯もする。夏になればちょっとした行水もする。だから水車のある場合が少なくない。賢治は一軒の鍵なりに曲った家の厩から馬につけた鈴が聞えてくると言っているが、これが東北地方独特の曲り屋である。家の曲った角が厩になっていて、人間と馬とが共存していたが、戸が完全でないから、ドシャ降りのときなど家全体が湿っぽくなり、馬の尿《いばり》がいつも充満していて、生まれたときからこれが生活様式だと思っていないと、なかなかなじめない。ただ馬と人間がお互い一体となっている。しかし、これももう遠い過去のこととなった。

この向うに見える暗くなった影の丘の方で、鳥が啼いている。そして月に照らされ、いくつもの峰を越えたはるか遠くでは、風に乗って峡流のせせらぎの音も聞えてくると言っている。これもごく平凡な表現であるが、なまじっか現地を知っているものには、ふとなつかしさに誘われるものだ。

賢治の詩は心象スケッチだから、その場で見たり印象を受けたものを連続して次々と記録していく。別に部外者がそれに正確さを要求することもできないから、賢治の作ったものをそのまま信じるしかない。賢治は四月十九日、外山へ向うため北上山地にとりついた最初の印象を第一稿、第二、第三稿と推敲していくうち、ようやく最終稿ができ上ったが、これはなぜか題のないものとなった。だからいまでは仮に［どろの木の下から］と付けられている。

どろの木の下から
いきなり水をけたてゝ
月光のなかへはねあがったので
狐かと思ったら

例の原始の水きねだつた
横に小さな小屋もある
粟か何かを搗くのだらう
水はたうたうと落ち
ぼそぼそ青い火を噴いて
きねはだんだん下りてゐる
水を落してまたはねあがる
きねといふより一つのさじだ
舟といふより一つの舟だ
ぼろぼろ青くまたやつてゐる

すでに前にちょっとふれたが、この詩の中で一番注意を引かれるのは、月光のふり注ぐ辺りで、突然はね上ったものであろう。これにはさすがに賢治も驚いた様子であるが、これは「水きね」という仕組みの水車であった。賢治はこの構造をごく簡単に図式しているが、私は花巻周辺でこの種の水車は見たことがない。この水杵式の水車は、すでに朽ちたままのものを池上氏が発見して紹介されているので、いまではよく分るのである。たしかにこれは賢治も言うように、まったく原始的な水車であった。京都の庭園などでよく見かける、水を溜めては杵が上ったり下ったりする、あれとほぼ同じ発想のようである。

日本の一般の水車は、大きな車輪が水を受けて回転する方式であるが、この車輪は簡単そうでいて素人にはまず作れない。完全に均等で、円くないと、水を受けても回転しない。私はせっかく作ったのに、一度も回らなかった例を知っている。しかし、水車は決して日本独自のものでなく、私の知っているごく狭い範囲でも、中央アジアが実に千差万別であった。賢治が詩にもよく詠んだパミールの東側にあるカシュガールは、一時代前は水車が大変多かった。しかし、私がいつも思い出すのは、北アフガニスタンの山間部で見たものだった。これは車輪を横に回転させるもので、実に巧妙に作られ、小麦を挽いていた。のちに崑崙山麓のホータンでも同じものを見かけた。賢治がびっくりしたように、外山で使われていたこの水杵は、水車の中で最も初歩的で、幼稚なものだったであろう。池上氏の発見して紹介された意義は、その意味で大変価値のあるものだったと思う。

賢治は、ドロの木の下の水音と杵《きね》の音を聞きながら、ふとこんなことを心の中で思い浮べていたらしい。

盛岡の方でかすかに犬が啼いてゐる
わたくしはそこへ急いで帰って行って
誰かひとりのやさしい人とねむりたい

この意味を文字通りとれば、賢治は思いを寄せる女性が盛岡にいたことになる。ただ自分の胸にだけ秘めていた女《ひと》だったのかどうかは分らないが。しかし、これも下書稿の中にわずかに遺るだけで、最終稿からは抹消されてしまっている。これはこの詩だけの問題ではなく、賢治の中の大きな謎の一つであろう。

そこでいま一つ、この詩のもつ謎にふれておきたい。この詩は一見のどかで単純に見えながら、案外、分らないことが多いからだ。これは故小沢俊郎氏が提起した問題だった。

この外山行きの詩作の試みが心象スケッチとすると、彼の晩年になってこの当時のことを回想してか、文語詩が遺されている。まず外山への四つの連作を見ていくと、賢治が夜たどった村落の心象スケッチで描かれたのと少し違った、別の情景が浮んでくる。それには大変貧しく、厳しい村人の生活がまざまざと記されていることだった。あの独特の杵《きね》について、あのとき搗いていたのは彼が言っていたように粟などでなく、「まことに喰みも得ぬ（とても食べられない）、清きこならの実なりけり」と言っていることである。賢治が見たのは米や麦どころか、稗や粟でもなく、とても通常では人の喉も通らないドングリの実を搗いていたことになるのだった。これは真実を伝えたものだったのか、創作だったのか、私はやはり真実だったととりたい。

また別のところで、山径をいくと厩肥が幾十となく積み上げられてあった。これは戦前なら日本中どこでも、別に珍らしい光景ではなかったが、やはり欧米人の目から見ると、貧しさの象徴のような光景だった。さらに賢治はこうも言う。「山の焼畑　石の畑」と。こんなことは心象スケッチの方には、見えない描写である。

十分な肥料がない土地、山頂部分では、山林を焼き払ってそこに作付をした。現在でも北部タイ、ミヤンマー（ビルマ）、雲南などの山地民族はこの焼畑をし、雨季に入る前など空が焼畑の煙で蔽れることも稀ではない。賢治は、ふとここに桜草《プリムラ》が咲いている情景を想像しているが、東南アジアの山地での焼畑のあと、桜草が生える場合があり、逆にこの桜草に毒があって放牧できないということも起るらしい。当時の外山の状況は詳しく分りかねるが、石ころだらけの畑は事実であり、外山は見た目に美しくとも、現実の生活は最低の過酷なものだったのであろう。賢治はこれに続けて、

　人なき山彙《やま》の二日路を　　夜さりはせ来し西蔵は……

と書いている。なぜこんなところに突然、西蔵《チベット》なのか。作物も碌にできない北上山地は、賢治は日本のチベットと呼ばざるを得なかったのだろう。当時その厳しい自然を解決する方法があったろうか。

＊池上雄三著『宮沢賢治、心象スケッチを読む』雄山閣出版、一九九二年。

外山への夜の旅 ㈡

賢治はどこをどうたどったのか、外山に向って夜の更けゆくまま、歩みを止めていないようである。山径は、谷川に沿って延びているらしい。ゆるい径だったのか、それとも急であったのか、なにもふれられていない。彼の詠んだ詩の中からは、彼のたどったルートも見えてこない。私は池上氏が長い間、熱心に追究されたようには出来なかったし、この辺りの風景は漠然としていて、せっかくたどったのに記憶に残ったものはまるっきりない。

しかし、谷川もやがて細くなり、その水源らしい峠か山裾に向って、賢治はひたすら歩いているようだ。五万分の一の地形図（盛岡）で見ると、道はいまは消えた大堂から米内川に沿って、小浜を抜け、高帽山に向っているようにも思える。

いま仮りに「いま来た角に」と題した詩は、初め下書稿では「水源手記」と記されていたことが分っている。ところがこの水源がどの川の水源か分っていない。ともかくこの水源は、あるいは高帽山の山麓あたりだったのかもしれない。なぜなら、下書稿㈠には、「帽子をそらに抛げあげろ」とあって、高帽山に掛けて詠んだようにも見えるからだ。しかし、この後に手入れされた詩稿からは、この帽子を空中になげ上げる描写が消えてしまう。まずその第一稿（下書稿(一)）を見てみよう。

帽子をそらに抛げあげろ
ゆるやかな準平原の春の谷
月夜の黒い帽子を抛げろ
………
帽子が落ちれば
またその影も横から落ちて
こんどはおれが
月夜の黒いコサックになる
………

本当かどうかは推測の限りでないが、月夜の空に向って、賢治は帽子を放り上げたらしい。彼はこの夜歩きに帽子をかぶっていたのだろうか。ところが帽子が地面に落ちてくる様子を見ていると、自分の影法師が、まるでロシア・コサックのように映ったらしい。賢治には、いまにもコサックの密集騎兵団が押し寄せてくるかのように、コサック兵に拘泥しているが、なぜかこの騎兵の姿も、彼の幻影の中からやがて消えてしまったようだ。

夜道は結構はかどるので、どしどし歩くにまかせたらしいが、やはり疲れて眠くなったものらしい。下書稿㈠には、

いま来た角に
やまならしの木がねむってゐる
雄花も紐をふっさり垂れてねむってゐる

と言っている。自分も眠くなったらしいが、路傍の木さえ眠ってしまっている。彼は坐っているのか歩いているのか、半分は眠ったような状態で、とぼとぼ歩いているような気配がする。こんなとき、さーっとコサックの一隊が彼の頭の中を駆け抜け、駐屯したらしい。

またねむったな、風…骨、青さ、

どれくらいねむったらう

自分でも訳が分らなくなって、自問している様子だ。シャープペンシルさえ、しっかり手に持てないような状態だ。こんなとき、

どこかで　鈴が鳴ってゐる
　峠で鈴が鳴ってゐる
　　峠の黒い林のなかで

今度は、鈴の音を聞いたらしい。どうも峠の方かららしいが、どこの峠かよく分らない。池上氏の言うように、賢治特有の幻聴であったろうか。

やがて賢治は、はっと目を覚した。しかし、すぐには現実なのか空想の中なのか、さっぱり分らないらしい。「睡ってゐた　ちがったことだ　誰かゞ来てゐた」とつぶやき、目を覚して空を見ると、星が一つ輝いている。

青い星が一つきれいにすきとほってゐる
おれはまさしくどろの木の葉のやうにふるえる
風がもうほんたうにつめたく吹くのだ

「水源手記」と題された下書稿は、なんと四つも残されている。しかも草稿は次々と書いては消し、内容はめまぐるしく転々と変化していく。夜道を歩きながら、学校でなにか面白くないことがあったらしく、ときどき思い出してはぶつぶつ言っている。しかし、考えても結局は詮無いことと、「もう眼をあいて居られない／だまって風に容《ママ》けてしまはう」と、諦めたりしている。

賢治は、このわずか三十九行足らずの詩を何度も何度も書いたり消したりして、ようやく一つの定稿ができ上ったところがせっかく自分の内奥の、すなわち心の裡をそっと隠蔽した定稿ができ上ったときには、題が付かなかった。それはそうだったろう。ともかくこの詩の出だしの部分は、

いま来た角に
二本の白楊が立ってゐる
雄花の紐をひっそり垂れて
青い氷雲にうかんでゐる

と記し、その締めくくりを、

落葉はみんな落した鳥の尾羽に見え
おれはまさしくどろの木の葉のようにふるへる

とある。とくにこの最後の一行は、きわめて印象的といえよう。

＊

賢治がこの山旅での最初の印象を詠んだ［どろの木の下から］と、続いて［いま来た角に］の中で、どうやら詩の中心になる主題らしきものが一つあったように思う。すなわち〈どろの木〉、白楊樹のことである。別名をギンドロともいう。賢治は、このヤナギ科の植物が大変好きだったようで、この一連の詩もなにかこの白楊《どろ》が書きたくて書いているようにも見える。疑えば、本当にどろの木があったのかとさえ思えてくる。

初夏の頃、柔らかな緑の若葉を一杯つけたこの樹は、ポプラと同じヤナギ科の植物で、とくに葉の裏側が白銀色をしているため、風が吹くとちらちらと、表面の緑色の葉とがまるで斑目《まだら》になって、なんともいえない心地よい印象を受ける。ただ賢治が、「まさしくどろの木の葉のやうにふるえる」と書いたのは、なかなか意味深淵でちょっと簡単にいきそうでない。前後の関係からして、賢治がここでふるえたのは、うるさい俗社会から逃れられて喜びに打ちふるえたのか、それとも恐ろしい夜道を行くのに怯えて、がたがた体が震えたのか、あるいは夜になって気温が下ったために寒さにふるえたのか、私にはまるっきり判断がつかない。わずかに推測できるのは、この夜の散策というのか逍遥というのか、山歩きがそう心楽しいものではなかったらしいことだけである。単純に解釈すれば、肌寒かったのではなかったかということである。

この植物は、日本古来の在来種ではなく、明治も半ばをすぎてから輸入されたものという。この木

外山への道の脇を流れる野川

がすでに盛岡郊外の山中にあったとすれば、あんなに原始的な杵がまだ利用されていた所だっただけに、一層驚かされる。まさか賢治の創作だったとは思えないが、下書稿㈠にはなぜかどろの木は現われない。現われるのは下書稿㈡以降である。ともかく賢治は、この葉のそよぐ爽やかなところが、なんとも言えず心地よく、その色彩の美しさが一層好きだったのであろう。ところがこういった印象は、その場所、その土地に住む人によって相当ちがってくるらしい。

賢治は一生を通じて、おびただしい詩を作ったが、そこでは血腥い戦争も革命も扱われたことはなく、まして人を殺したり殺されたりという酸鼻な世界も詠まれたことはない。東北を襲った天災がいかにひどいものであっても、賢治が生きた時代、餓死者の出たこともなかったろう。しかし、賢治の見たどろの木の下の水杵は、賢治が言うように米や麦でなく、粟を搗いていたのだった。村は貧しかったのだ。

西域のオアシスの村々には、ポプラが沢山植えられている。沙漠からの突風を避けるためでもあるが、夏季の炎暑から守るためでもある。ポプラが風にちらちらゆすれる様は実に美しく、私も好きな光景だった。しかし、あるときを契機に、私にはそれがまったく逆に感じられるようになった。それはある四月のこと、タクラマカン沙漠から吹く突風に、ざわざわとあおられた数千本ものポプラの木葉は、見ているだけでも背筋が凍るような戦慄を覚えるものだったからである。このとき私は突如、思い出したことがあった。この地は過去、しばしば回乱（イスラム教徒の反乱）があり、その度に大虐殺が起っていたのだった。原野は人の死体で埋ったのだ。

白楊と同じポプラが風にそよぐと、あのちらちらする様子は、ちょうど恐怖にがたがた身体を震わすように見え、そこから、「ポプラのように身を震わす」——恐怖に身を震わすの譬えが出たのだった。幸いというべきか、この植物が輸入され、日本各地に植えられて、その美しい姿を楽しませてくれたが、この諺まで一緒についてくることはなかった。日本人と感性が違うのだ。

しかし、賢治がこの山道をたどった時期には、いまだ白楊《どろ》の木が芽をふいていたとは思えず、彼は空想して書いたか、まるっきりドロの木を他から借用して、頭の中で描いたのかもしれない。ただ彼がなぜ「どろの木の葉のやうにふるへ」たかは、私にはいまでも依然として解きえぬ謎である。賢治はポプラの葉と恐怖のことを知っていたのではなかったろうか。

外山への夜の旅（三）

高原では、月が西に移ると、やがてほの黒い天空から星が静かにささやきかけてくる。ところがいくら耳を傾けても、どれ一つとして耳に聞えないし、その言葉も解せない。ならば地上の詩人の言葉はといえば、これまた嘘ばかりついていていてさっぱり訳が分らない。

かつてこの外山の原野に馬を駆って登って来た馬追いたちや、商人、あるいは巡礼者たちは森の外れで火を焚き、声高に世間話や、今年の作柄や、馬の取引きについて語り合ったことだろう。そうした声が暗闇に消え、ちょろちょろ燃えていた焚火の火もとうの昔に消えてしまったいま、この原野で演じられた野外劇はもうなにひとつ記録に遺されていない。しかもこの辺りをたどった詩人の足跡すら、跡形もなく消滅してしまっている。そしていまはただ無数の星だけが、外界の出来事などなにも見なかったかのように、時の運行の中で、変らぬ光をふり注いでいるにすぎない。

夜中歩きづめた賢治は、どうやら夜明けに追いつかれたものらしい。四月二十日の早暁である。

あけがたになり
風のモナドがひしめき
東もけむりだしたので
月は崇厳なパンの木の実にかはり
……………

と、賢治はしるす。東の空がほのかに明るくなったので、わずかにそよぐ風が、なにか帯のようになって広がり始めたのだろうか。賢治はモナドを下書では「粒子」としているから、明け方によく出る霧のような雰囲気だったのかもしれない。そして月はずっと西に傾き、まるで南の国の「パンの木の実」のように、中天に掛り、昨夜のようなあの荘厳ともいえる輝きはない。

「有明」と題されたこの詩は、前の二作の詩より内容は軽い。ずっと登りつめて来た山径―旧街道は、いまの県道より南側を走っていたのであろう。どうやら現在の土室あたりに、賢治は達したものらしい。というのは、この辺りからずっと南西方向に、盛岡の町並がはるかに見渡せるからだ。そして、朝ぼらけの中で、盛岡の通りや家々がほのかに浮んでいたにちがいない。

ふたたび老いた北上川は
それみづからの青くかすんだ野原のなかで

支流を納めてわづかにひかり
そこにゆふべの盛岡が
アークライトの点綴や
また町なみの氷燈の列
ふく郁としてねむってゐる
……

ここでは北上川は老人にされてしまっているが、盛岡の南で米内川と中津川が東から、雫石川が西から北上川に注いでいるからであろう。朝ではないが、私もこの一角に立って盛岡の町を望んだことがあるが、印象は強烈であった。いまと比べたら、賢治の時代の盛岡はずっとずっと小さかったと思えるが。

そして盛岡の町の印象を、詩人特有の訳のよく分らぬ言葉で書きつらねているが、そこで一段下げて、また意味不明のメッセージを送っている。

しかも変わらぬ一つの愛を
わたしはそこに誓はうとする

一体これはなんだ。書いてある通り解釈すれば、これはきわめて簡単である。盛岡の町に愛する女《ひと》

4月の外山には，まだ残雪もある。

が住んでいる。彼女はいまきっとまだ休んでいることだろう。その女性への愛情と思慕を固く誓っている。なんのことはない、人を恋しているということだ。この部分の下書稿の中には、

ゆふべから五里もあるいて来た盛岡の町は
ひどく巨きく拡大されて
灯があはあはとまたゝいてゐる

とあって、結局、必要があって山に入って来たものの、心の奥底では異性への思いが断ち截れなかったのであろう。人と町とが重なったのだ。「有明」と題された詩は、だいたいそんなところで終っている。

峠近くに立った賢治は、やがて東から昇る太陽の前の山々や高原上の素早い動きに、なにか敏感になってきているようだ。夜はずっと辺りを黒い衣裳で包み、空にかかる明かりだけが唯一の道しるべだった。その月の光がどんどん薄れてい

く。賢治はこの月への最後の別れを一つの詩に詠んだ。四月二十日の早朝、第四作目の詩である。題はなく、いま仮りに「東の雲ははやくも蜜のいろに燃え」と呼ばれている。

賢治は夜明け直前、ずっと一晩中つき合ってきた月がいよいよ西に傾いた最後の姿を見て、宗教的な法悦の境地に入ったものらしい。彼がこの詩のタイトルを、初め「普香天子」としたのはこのためだったろう。法華経を守護するとされる普香天子については、池上氏が詳細に説明されているので、ここではもうなに一つふれるものがない。ただ下書稿のみにあった普香天子は、最終稿からは抹消されてしまっている。理由は分らない。

山からのさわやかな風に吹かれて、賢治にはふと法華経が将来された西域地方が思い出されたのかもしれない。下書稿の中に、

西域風によそはれる
そらの陀羅尼のお月さま

と書いて、あとで消しているのだから。

賢治の外山行は、あとでふれる「北上山地の春」を含めて合計五篇の詩に遺されたが、これには各々内容に若干異動のある下書稿がある。それらをざっと眺めてみると、つねに西域へのほのかな憧れらしきものが感じられる。外山というまったく日本的な風景の中を歩いていながら、心はつねに西

域の人と風土に惹かれていたものらしい。

それを下書稿の中のものを含めて、列挙していってみると、白楊の木、コサック兵、島地大等高弟、魔法の消えた鳥、二人の童子（赤衣と青衣）、巨大なシュワリック山彙《ママ》、極楽鳥、普香天子、ステップ住民、などである。白楊はポプラの木、コサックはボルガ、ドン両河沿岸からシベリア地方に居住する者が多かったし、「魔法の消えた鳥」というのには、わずかにアラビアン・ナイトの影響が感じられる。また二人の童子は、西域の沙漠から出土した壁画の童子をしのばせる。巨大なシュワリック山彙というのは、ネパールとインドの国境を画すヒマラヤ前衛の山脈、シュワリック丘陵のことだ。＊シャカの生誕の地に近い。ステップ（の）住民とは中央アジア地方のキルギスやカザフの草原のことを指していたにちがいない。

外山の旅には、賢治にはしっかりした目的があったのだろうが、夜道を歩きながら彼の心の中に去来したのは、また別のものだったようである。ただそれらの中に、封印されてしかるべきプライベートなものもあったようだ。われわれは、こういったものはなるべくそっとして、深追いすべき必要はないであろう。

ただ詩人がふと漏らした片々たる言葉の端から、詩人が胸の裡では、仏陀生誕の地や、法華経のたどったはるかな道のことを、絶えず思い浮べていたらしいことが、この詩を通してほのかに伝わってくることを知るだけで、十分であろう。

＊拙著『宮沢賢治と西域幻想』（中公文庫版）の巻末に載せた「西域関連用語ノート」から、これは落ちている。

北上山地——外山の春

私が北上山地の真只中、外山を訪れたのはこの高原状の山地ではまだ春浅い四月のことだった。盛岡の市街を抜け、やがて山地にとりつくと山の斜面では若草はまだ萌えておらず、全体が茶一色だった。樹々の梢もようやくわずかに黄緑色にくすぶり始めた頃で、全体はいまだ冬枯れのままの姿だった。そして、吹く風は、やはりいつか春の生暖かいそよ風に変わっていたものの、とき折り頬を撫でていく風には、ひやりと冷たいものが含まれていた。

外山のなだらかな高原は、決して心踊るような感動的な風景ではなかった。訪れる時期が少し早すぎたためか、それとも乱開発されすぎた結果だったのか、荒蕪地ばかりに見えた。しかし、陽が高く昇るにつれ、心地よい早春の風に誘われるまま街道から外れ、人の稀にしか通らぬような山地に入ると、果しなく樹林が続き、静寂が辺りを支配するすばらしい王国に一変する。まだ新芽が出ていないため、寒々とした枝を通して、弱いながら春の陽射しが惜しみなく地面一杯に照らし、印象派の画家が好んで描く世界を現出している。たしか賢治はこんな明るい風景を、鈴木春信の浮世絵に思い描いたようだったと思う。

かぐはしい南の風は
かげらふと青い雲滃を載せて
なだらのくさをすべって行けば
かたくりの花もその葉の斑も燃える

と詠んだ賢治の詩をつてに、辺りの山地をほっつき歩いたが、〝かたくり〟の花はただの一輪も見つからず、あったのは同じく賢治の愛した〝おきなぐさ〟の方であった。昨年の枯草の間に、白い毛氈と淡い紫色をしたこの可憐な花が、あちこちにひっそりと咲いていた。賢治の訪れた時期とそうずれていなかったのに、なぜかたくりの花が見つからなかったのか不思議である。

私の旅したときより六十年以上もの昔、賢治は盛岡から夜通し歩いて、外山高原の山頂部分に達したようだ。そこはなだらかに波うつ高原

カタクリ

で、大気は澄み渡り、気持も爽やかであったらしい。このことはすでにふれた。彼は外山へ入った第一印象をこう手帖に書き込んだ。

かれ草もかげらふもぐらぐら
　に燃え
雲滃がつぎつぎ青く綾を織るなかを
女たちは黄や橙のかつぎによそひ
しめって黒い厩肥をになって
たのしくめぐるいちれつ丘をのぼります

のどかな光景である。しかし、いまの北上山地はどこも同じようにまったくの過疎地である。まる一日、街道を歩いてもたまに車に出会う他はまず人に会うことはない。しかし、賢治の訪れた大正時代はそうではなかった。この山地を切り拓き、営々と生活する人たちは少なくなかったのである。「かれ草もかげらふもぐらぐら燃え」と、賢治は外山の春の情景を見事に詩に詠んでいるが、私の訪れた時期はかげろうはまったく出ていなかった。賢治の訪れた頃とほぼ同じであったが、かげろうが燃えるほど、季節はまだ陽射しが強いとは思えなかった。詩人は嘘つきだと言うつもりはないが、も

オキナグサ

しかするとのちに創作されたものが入ったかもしれない。ともかく暖かい陽気の中で、どうやら賢治は村の女たちが仕事着姿で厩肥を担って、丘を登っていくのに出会ったらしい。四月の季節には、外山は決してわれわれが想像するほど暖かな土地ではない。しかし、賢治の詩を読んだ限りでは、悩みもないのどかな光景となって展開していく。

やがて第二節に入ると、賢治の目に映った光景はさらに新しい展開をする。

わかものたちは華奢に息熱い純血種《サラーブレッド》に
水いろや紺の羅沙《ママ》を着せ
やなぎは蜜の花を噴き
笹やいぬがやのかゞやく中を
泥灰岩の稜を噛むおぼろな雪融の流れを溯り
にぎやかな光の市場
その上流の種馬検査所に連れて行きます

ここで初めて賢治は、この外山への旅の目的がなんだったか、その一端を垣間見せてくれる。多分、若い男たちも晴着をまとい、連れたサラブレッド種の馬には青い羅紗を着せ、雪融け水の奔流となって流れる谷川を溯り、賑やかな光あふれる市場――種馬の検査所に行く様子が望まれると言っているから。この日、外山に通じる街道は馬の検査のため、おびただしい数の馬が着飾って陸続とたどっていったことであろう。

賢治は街道を行く馬についてこれ以上言及していないが、あるいはドイツ人だったら、中部ドイツから南ドイツにかけ、かつてローマに通じた道路を〈古街道《アルター・シュトラーセ》〉とか、〈浪漫街道《ロマンティシュ・シュトラーセ》〉と呼んだように、きっと〈馬街道《プフェルデ・シュトラーセ》〉とでも名付けたことであろう。西域に通じた古代道路が〈絹街道《ザイデン・シュトラーセン》〉と名付けられ、いまも人々から親しまれているように。ただ、いまはこの道から馬の姿は消えてしまっている。当時の賑やかな人馬往還の情景は、わずかにこの賢治の詩からしのぶしかない。

賢治は農婦たち、馬を牽く若者や馬の群れを眺めた目を、次に周囲の原野や谷川に注ぐ。

風は青ぞらで鳴り
自然にカンデラーブルになった白樺があって
………
日のなかに鳥を見やうとすれば
ステップ住民の春のまなざしをして
赤いかつぎの少女も枯草に座てゐます

と、のどかな春の陽差し一杯の光景が描かれていく。

これで下書稿(一)は終っている。これがさらに下書稿(二)(三)になると、情景描写が次々と発展していくが、それは賢治が実際に眺めた風景から果てしなく空想の世界へと飛翔していき、まるでまとまりがない。そして最終稿に落着くころには、詩としてはスマートになっているが、彼が初めに感受したものとは似てもつかないものに変容してしまっている。その外装をまとった最終稿を見る前に、いま一度、彼のたどったルートを一瞥してみたい。

街道の南にそびえる大倉山（六七一メートル）と、街道のすぐ北にある明神山（七四六メートル）の尾根を峠で東に越えると、いよいよ外山の高原地帯に入る。峠を越えた辺りから風景は一変して、春とはいえ寒々としている。少なくとも私が訪れたた四月には、よく晴れた日であったがそう感じた。

外山を詳細に研究された池上氏の言われるように、盛岡から東に向う街道は、峠を東側に越えると南↓外山ダム↓大ノ平↓薮水と外山川に沿って延びるが、薮水の村落から一キロ東へ行くか行かぬところで、一本の道が街道から外れて南の大石川沿いに続き、せいぜい二、三キロ行った所に蛇塚という村がある。賢治が訪れた大正十三年の四月、着飾った人馬は街道から折れてこの蛇塚に向ったようだ。勿論、賢治も彼らに混って蛇塚に行っている。賢治の詠んだ「北上山地の春」は、文字通りこの街道沿いの情景を描写したものだった。

せめて賢治がこの外山行を、学生時代に書いた「秋田街道」ほどの散文にまとめておいてくれたら、往時のこの街道の活況は手にとるように分ったであろうに、残念でならない。なぜなら、賢治のたどった頃のこの街道には、詩があったのだ。人も自然も息づいていた。しかしいまは自然景観はすっかり変貌し、街道に沿って流れていた外山川は堰止められ、人造湖のダムが造られた。山々に抱擁され、どんなに青い水をたたえていても、人造湖は人造湖で落着きがなく、見る人に冷たいものに映る。そこにあった草も樹木も昆虫も、一切を水没させてしまうからだろう。ただ賢治は幸いにこの湖を知らない。彼の没後、日本中を荒れ狂ったダム狂時代も知らない。

賢治の外山行に最も早く注目したのは、たしか故小沢俊郎氏で、賢治の訪れた四月二十日という日は、ちょうど種馬検査日であり、賢治はこれを見学するため、わざわざこんな山間の僻地にまで足を延ばしたことを指摘した。その後、当時の様々な資料から、池上氏がこの外山が馬の品種改良センターであったことを詳細に実証されているので、ここではもうふれるものがない。

賢治は絶えず新しいものに関心を寄せ、注意していたようだ。彼はまさか馬の品種改良にまで手を出すつもりはなかったろうが、将来の農民のためにはぜひ知っておくべき情報だと思ったのであろう。賢治が外山を訪れた大正十三年は、外山が「岩手県種畜場」としてスタートしてから、まだわずか二年しかたっていない時だった。賢治のニュースのキャッチの早さに実に感心させられる。

この外山種畜場では、フランスや英国から輸入した優良品種の種馬で、県下の馬の種《たね》付けをしたのだという。賢治の下書稿から見ると、ここに集められた馬の種類の多様さに一驚させられる。トロッターやアングロアラブ、さてはサラブレッドからハックニーと実に様々な馬種が勢揃いする。これは農耕馬にはまるで関わりのない競争馬から、重い荷を運ぶ重挽馬まで、まるで馬の博覧会である。話としては面白いが、これは池上氏が早くも気付いて指摘されているように、どうやら事実とは異なっていたようである。賢治が意図的に馬の品種を並べて詩に厚味を持たせようとしたのか、それとも馬の種類がよく分らないまま、そう推測して記したのか、いまからではもう分らない。しかし、岩手県の農家に競争用の馬はまず必要なかったろう。

私がいまだ五歳か十歳に充たなかった幼児のころ、時折り訪れた花巻近くの母の実家では、やはり馬を飼育していた。たまに小馬が生まれていたこともあった。だから時には馬に乗って近くの森や川や原野に、さまよい出たこともある。馬の方は乗り手が年端もいかぬ小僧と知っていて、私のいうことはまずきかなかった。といって乱暴に放り出したり、駈け回ったりすることもせず、どんなに遠くに行ってしまっても、時刻がくれば自分の家に帰る道はちゃんと知っていた。ただ人の作った道などまったく無視して、最短距離をとるのが常だった。田畑になにが植わっていようが真一文字に横切り、狭川の浅瀬をばしゃばしゃ渡り、乗り手のことなどまるっきり念頭にないらしい。とくに困るのは、狭い樹木の間すらどしどしくぐり抜けて行くのだから、うっかりすると樹の枝に払われて地面になぎ落されかねない。だから子供は裸馬のたてがみにしがみつくより噛りついていなくてはならない。馬は本当に好きな人と嫌いな人をよく区別していた。賢治の家は町の住民だったから、馬は飼ったことはなかったろう。そのためか、「風の又三郎」の中には子供と馬の生活が描かれているが、意外と馬との交歓の情景はないのである。その意味からして、賢治が馬にも並々ならぬ関心を抱いていたということからも、この外山の一群の詩は興味深いものであろう。

私が蛇塚を訪れたのは、もう五月も下旬に近い頃だった。空は青く澄みわたり、賢治流に表現すれば、それはまさしく「孔雀の石のそらの下」であり、あたりの山々は春遅い訪れに湧き立っているようだった。この辺りの山々にはもう雪の跡も見えず、原野にも若草が萌え始めていた。しかし、比較的高地にある蛇塚は、なんといまが桜の満開であった。東京で三月下旬に見た桜が、二カ月も遅れてここでいまを盛りと咲いていた。

想像していた蛇塚はまるっきり違って、いまでは荒れていた。馬の時代が去り、不便さも手伝って、登るような高い山もないこの辺りを訪れる人はいないのであろう。物好きでもないかぎり、このような場所に用はないのだ。木造の建物はすでに朽ち果て、いまは使われていなかった。たしかにかつては沢山の馬を飼っていた厩舎だったのだろう。だだっ広く、がらんとした厩舎に入ってみると、開けっ放しの窓から青い空がのぞき、いまを盛りと咲き誇る満開の桜が、さながら窓枠を額縁とする一幅の絵のようだった。それはあまりに暗く荒れた大きな建物だっただけに、非現実的な眺めであった。ピンク色した桜は、時に軽薄な色彩にも映るものであるが、年を経たこの古木のつける花は、何十年かの変遷をじっと眺めて来たはずであり、六十年以上の昔、この地を訪れた旅人の姿をもあるいは知っているのではないかとも思えた。そう思えばこの桜の古木が一層なつかしくもなってくる。桜は人も馬もみな立ち去った後にも伐り倒されず、この空閑地に幾本も育っていた。

この蛇塚訪問は、実は賢治の令弟の清六さんに連れられて来たのであり、このいまにも崩壊しそうな兵舎のようなバラックの中で、ここの監理人でもある年配の人と清六さんが親しげに話している間、同行の写真家H氏とぶらぶら辺りをめぐって歩いた。賢治はこの蛇塚に来て、一体どの辺りで、どんなことを見ていったのであろう。詳しく道中の記録を詩に遺した彼なのに、蛇塚での体験は一言も漏らしていない。それらは何十年も昔の春の風がさらって行ってしまったまま、もう何事も語ってくれ

外山。桜が満開の蛇塚。

ない。

賢治が蛇塚まで来る道中を記した詩の下書稿㈠の中には、「かたくりの花もその葉の斑もゆらゆら」と揺れている様子と、「水ばせうの青じろい花」の咲いていたことを記しているが、この二つの花のことは、なぜか最終稿ではばっさり削られてしまっている。たしかに蛇塚に来る途中の谷川には、水ばしょうの花が沢山咲いていた。しかし、かたくりの花はみかけることはなかった。外山ではこの二種の花が同時期に咲くのかどうか、私には分らないが、かたくりは一般に水ばしょうより一、二カ月早く咲く。

初期形にあったこの二種の花に代わり、最終稿では一転して草花から樹木に関心が移っている。「白樺は焔をあげて／熱く酸っぱい樹液を噴けば」と言うかと思うと、「浅葱と紺の羅沙《ママ》を着て／やなぎ（柳）は蜜の花を噴き」と詠っているのだ。

後者は新緑と柳の花を詠んだものらしいが、賢治の訪れた四月下旬、外山はまだちょっと新緑には早すぎる。若芽も堅い殻を破っていたろうか。彼はあるいは、単調になりかねない風景描写に、いくらかアクセントをつけるため、若干、創作を書き加えたのではないかとも思える。しかし、そんな瑣末なことなどたいして意味のないことであろう。ただ私の驚いたことは、むしろ白樺の樹液のことだった。

たしか春、白樺の幹に傷をつけると、ときに樹液は噴泉のようにほとばしり出ることがある。私はこのことを日本では知らず、実は中央アジアのサマルカンドで初めて知ったのだった。水不足と悪水に悩む中央アジアでは、白樺の大森林のあるシベリア地方から、この黄金にも譬うべき樹液を輸入して、貴重な飲料水にしている。それは黄水晶《シトリン》のように淡い黄色、まさに水晶さながら澄んだ水で、口に含むとほのかな木の香りがし、甘い味がするのである。

賢治はたしかに白樺の樹液について知っていたらしい。しかし、「熱く酸っぱい樹液」という意味は分らない。これを文字通りとると、私の味わった白樺の樹液の印象と大分異る。彼が詩的感興のままこう記したのか、飲んだ樹液が酸っぱかったのか、それとも聞き書きだったのか、謎がいま一つ残った。

賢治の詩には、外山からの帰りの印象にふれたものがない。同じコースでは、彼にはもう詩を作るだけの興味が失われていたのか、疲れすぎ、空腹のためぼーっとして気力がなかったのか、どこをどうたどったのか一切語ってくれない。蛇塚から何十里の間、勿論、食事をとるところもない。賢治は外山でなにを見、なにを食べ、いつ頃ここを辞したのであろう。いくら急いでも、盛岡に着いたのは相当遅い時刻だったにちがいない。そして、この外山行の最後の結論として、賢治は短い一節を書き加えている。

しかもわたくしは
このかゞやかな石竹いろの時候を
第何ばん目の辛酸の春に数へたらい丶か

と。一体なにが辛酸だったのか。これにはいろいろな解釈がされている。彼はいまだ二十八歳、青春の意気盛んな辛酸だったろうか。それとも彼の肉体が白樺のように焔を上げ、酸っぱい樹液を噴くようだったのだろうか。ただしそれを辛酸と呼ぶかどうかは人による。

修羅の形なすもの

――「ちゞれてすがすがしい雲の朝」

賢治が亡くなった後になって、ノートに記された詩稿が見つかり、これはいま「詩ノート」と呼ばれている。その数は百篇を越え、三分の一程度が『春と修羅　第三集』の初稿に近いものだったらしい。この中に、たまたま四月八日の仏生会の当日に偶然詠まれたらしい無題の作品が入っている。ただ、この詩は賢治が気に入らなかったのかどうか、第三集には加えなかったもので、また題もないことから、いま仮に「ちゞれてすがすがしい雲の朝」とされているものである。内容は、花巻の町中から権現堂山を望んだ印象を詠んだもので、多分、賢治の自宅近くの公園からだったのであろう。まずこんな書き出しから始まっている。

ちゞれてすがすがしい雲の朝
鳥二羽
谷によどむ氷河の風の雲にとぶ

いま
スノードンの峯のいたゞきが
その二きれの巨きな雲の間からあらはれる
　下では権現堂山が
　北斎筆支那の絵図を
　パノラマにして展げてゐる

昭和二（一九二七）年の四月八日の朝、賢治はどうやら花巻市内の遊園地あたりから、北東方向を眺めたらしい。四月早々ではまだ春には早く、時々雪が舞うことも稀ではない。色彩の乏しい田畑ごしに、この日は天気もよく、早池峰山とその手前にある権現堂山が、ありありと映っていたようだ。「スノードンの峯のいただき」というのは、この場の情景からみても、早池峰山とみてよいだろう。スノードンというのは、英国の第二の高峰の名であるが、この詩は英国とはまるっきり関係がないので、ただ単に雪をいただく雪峰《スノー・ピーク》というところを、こう洒落て呼んでみただけかもしれない。

ちょうどこのとき、早池峰山の頂上付近には、二きれの大きな雲がかかっていたらしいが、これが切れると、このすぐ山麓にある権現堂山が、まるで北斎の描いた俯瞰図でも見ているように、ぱっと展開していたようだ。バックの早池峰山がすっかり雪で純白なだけに、手前の権現堂山はまるで仏像でも見るように、黒々と映っていたことだろう。

ここで賢治は、北東方向から今度は目を北に転じたようだ。そしてこんなことを言い始める。

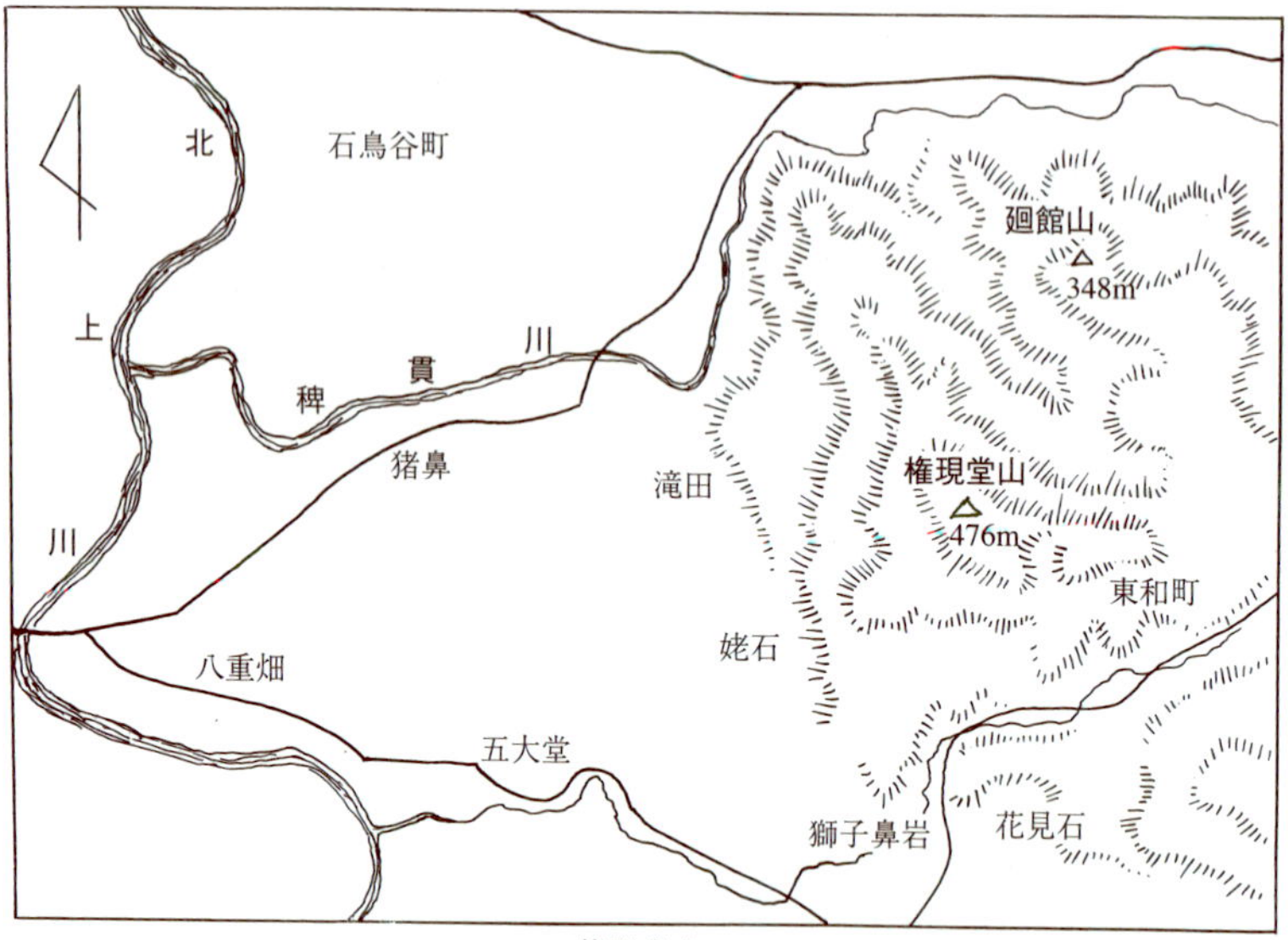

権現堂山

北はぼんやり蛋白彩のまた寒天の雲
　遊園地の上の朝の電燈
こゝらの野原はひどい酸性で
灰いろの蘚苔類しか生えないのです
　権現堂山はこんどは酸っぱい
　修羅の地形を刻みだす

この辺の土壌はひどい酸性なので、「権現堂山はこんどは酸っぱい／修羅の地形を刻みだす」と言っている。このとき賢治は、こんな山でも権現堂山に限りなく関心を抱いていたように見える。そして東根山から盛岡のさらに北にまで、目を走らせているようだ。しかも天候はどうも荒れているらしい。

東根山のそのコロナ光り
姫神から盛岡の背后にわたる花崗岩地が

いま寒冷な北西風と
湿ぽい南の風とで
大混乱の最中である
氷霧や雨や
東にはあたらしい雲の白髪
……罪あるものは
またのぞみあるものは
その胸をひぢかけに投げてねむれ……

時刻は朝の八時前、こんな早朝に賢治は一体ここでなにをしていたのだろう。どうやらこのときは散歩ではなく、炭を買いに出たその途中のことだったらしい。ちょうど遊園地にさしかかったとき、炭の袋でも下に置いて一息ついたのかもしれない。

遊園地ちかくに立ちしに
村のむすめらみな遊び女のすがたとかはりぬ
そのあるものは
なかばなれるポーズをなし
あるものはほとんど完きかたちをなせり

ひと炭をになひて
大股に線路をよこぎりしに
学校通ひの子らあまた走りしたがへり

ここから話はちょっと山から離れ、自分の周囲にいま展開しているものへと目を移していったようだ。形而上から形而下への切り替えである。学校へ登校する子供たちに混って、村の娘たちも歩いていく。その彼女たちを見た賢治の心が、急に怪しくときめいた。なんと娘たちが突然、華麗に変身して、「遊び女」に変わったのだ。この遊び女というのをなんと解釈してよいのか分らないが、そのまま男性相手の商売女ととるべきなのか、女たちは立ち止ってぼんやり眺めている賢治に向って、馴れ馴れしい姿態をしていく。女としても中途半端でないというのか。村の純朴な娘が、男を誑《たぶ》らかす女に見えたというのなら、逆に男としての賢治は、正常だったというよい証しになってくれるだろう。

ここからまた賢治は、現実の迷いから醒めたようだ。東から昇った朝日は光を増していったようである。

ひがしの雲いよいよ
その白金属の処女性を増せり
……権現堂やまはいま
須弥山全図を彩りしめす……

けむりと防火線
　……権現堂やまのうしろの雲
　　かぎりない意慾の海をあらはす……
浄居の諸天
　高らかにうたふ
　　その白い朝の雲

少なくともこう詠んだとき、賢治の心は清浄で、気分も高揚していたように思える。

＊

権現堂山というのは、花巻のすぐ北隣り、当時は稗貫郡八重畑村と亀ヶ森山村との境にある、標高は四七六メートル足らずの低山である。いまでは花巻市に編入された石鳥谷町と大迫町、東和町に接した所に位置している。正式には大迫町に入っている。山というより、丘に毛が生えたぐらいにすぎないものの、北上川畔から東を望むと、すぐ手がとどくほどの高さにあるので、意外に印象深い山でもある。

権現堂山がこう呼ばれるようになった由来は、私もよく知らない。いつかどこかで聞いたように思うが、さっぱり思い出せない。吉田東伍博士の『大日本地名辞書』によると、「稗貫郷村志」を引用して、「瀧田の権現堂山は、往古ハヤツネ権現の鎮座あり、此より今の早池峰山へうつり給ふとぞ」

としている。瀧田というのは、権現堂山のすぐ西山麓にいまも地名として遺っている。このことから推測すると、この山にはかつてハヤツネ権現が置かれていたが、のちに後方の早池峰山に移してしまったというものらしい。この年代がよく分らないが、八重畑の領主のことが永享（十五世紀初）と天正（十六世紀末）の頃というから、いまからざっと五、六百年前のことかもしれない。それなら随分由緒正しいことになる。ただハヤツネ権現の分神ぐらいが山頂に祀ってあるのかどうかが、よく分らない。

花巻のすぐ東を蛇行して流れる北上川に架る朝日橋に立って、ほぼ北東の方向を眺めると、川をへだててこんもりした森山が見える。この間ざっと三キロ、これが胡四王山である。さらにその延長線上に七、八キロ、東北の女性のように大きな腰でどっしり鎮座している山が望まれる。これが権現堂山である。こんな山など人から指摘されでもしない限り視界に入らず、記憶にも残らないだろう。しかし、この近在で生まれ育った者には、厭でも応でもこれらの山とのつき合いが一生続く。とりわけ賢治にとっては、これらの山々は意識の底に沈潜していたものらしく、彼が亡くなったとき、この二つの山は「経埋ムベキ山」として、書き遺されていた。

私はこの山なら、小学校に上る前から見て知っていた。たまに母に連れられて石鳥谷の町に来たとき、北上川の対岸にそびえ、随分大きい山だと思っていた。ただそれだけで、あっという間に数十年が流れ去ってしまった。

正確な年や月は忘れたが、ある年の初夏、どうしてもこの山へ登る必要に迫られた。なんだこんな山と思ったのだが、同行者が二、三人いるというので、友人の写真家H氏と、前日にまず下見調査してみようということになった。この日は生憎と朝から雨が降り、それもかなり激しい雨になったので、

北上川西岸（大迫）

条件としては最悪だった。分り易く、具体的に説明すると、花巻空港のすぐ東側で北上川を渡ると、広々とした田園や果樹園が広がり、ここを八重畑という。北上平野の真中をやや東寄りに北上川が流れている。この辺りの西側は広々と水田が広がるが、東側は山がすぐ迫って、耕地は乏しい。だから私などはこの東側に来ると、なんとなく圧迫感を感じる。これは多分、私だけが感じるものだろうが。

雨に霞んで権現堂山のシルエットが、ぼーっと浮き上っている。車の窓ガラスが雨滴で曇り、外は見えない。水田の中を走る舗装道路に、ぱちぱちと雨が激しく音を立てている。われわれ二人はもう何度もこの辺りを通っているから、さっぱり魅力はない。北側の山裾は早池峰山から流れ出す稗貫川であるが、どうやらこちらから山にとりつくルートはないらしく、前面の瀧田から登れる道もないようだ。まさかこんなはずではなかったと、雨の中でいささかあわてだした。一体どうしたらよいのか分らず、登り口を求めて山麓を行ったり来たりした。雨はわれわれを愚弄するかのように一層激しくなり、とうとう篠つく雨となった。

「予定の明日はむずかしそうだね」

「いや、天気は明日になれば上るよ」

「だけど下草は露で一杯だよ」

「しようがないさ。時間の余裕がないんだから」

話はこれでぷつんと途切れてしまった。山径は結局、南側しかないらしいと判断するしかなかった。「今晩は温泉さ行ってゆっくり休むとしよう」。あとは運を天に任せるしかない。


翌朝はH氏が予想していた通り、朝からすばらしい天気だった。取り立てて出かけるほどでもない平凡きわまる山なのに、今日山に登るのが総勢五人なので、なんとも仰々しいものとなった。しかし、だれ一人として、喜びはしゃいでいる者はいない。楽しい山登りでないことぐらい、分っている。それにもう本格的な夏が間近いから、こういった藪山のような登山は、季節からいっても向いていない。東北の山は、とくに夏になると下草が繁るので低山は登るのが大変なのである。

昨日たっぷり降った雨は、樹々の緑を一層浮き立たせてくれたが、田圃の水は道路にまであふれ出し、登山口を探すのに一苦労させられる。文字通りうろうろ歩きだ。最近では、こんなつまらぬ山に登るような物好きはいないから、登り径が見つからない。あっちこっちと捜しあぐねた末に、結局は南側から登るしかなさそうだと見当がついた。径は山に向っていかにも思い入れたっぷりに誘っているが、いざたどってみるとみな中途で行き止まりになってしまう。

権現堂山は、北側は稗貫川で、南側は鳴沢川で限られているが、どうも南側からしかこの山は無理らしい。谷川になった鳴沢川を私はまるで知らない。ただこの山麓下の鳴沢川に獅子鼻岩というのがあって、これは地図にもちゃんと記入されている。賢治は童話「二十六夜」で、北上川岸の彼の生活していた別荘の下流に、獅子鼻という岬があるのだと、わざわざ断り書きをしている。この名称は案外この辺りからヒントを受けたのではないだろうか。北上川の方には、この名はなぜか地図にはない。

しばらく手間どったあげく、水田と林の間の道を抜け、山の裾野にやっとたどり着いた。一軒の農家があり、その周囲は水田と草地になっている。山への道はないらしい。雑木林と雑草の繁みの中に沢山の白ユリが咲いている。草の葉にたまった昨日の雨滴が、ちょっとふれるとたちまち何もかもびっしょりと濡らしてしまう。しかもいたる所に張られた蜘蛛の巣が、べたべたと顔中にまとわりつき、たまったものでない。これではインドラの網にかかったハエみたいなものだと、軽口をたたいてみたところでだれも笑わない。普通なら二、三十分もあれば登れるはずの山なのに、これではむずかしいと、だれもが自信喪失になり始めたかららしい。

オニユリ

「何年も人が登っていないらしいなす。山径は完全になくなっているす」と、だれかが言う。必要のなくなった山には、たとえ家の裏手であろうが登るような暇人はいない。それが現代の風潮だ。それをなんの物好きからか登ろうとするなど、余程の愚か者か、酔狂者か、それとも人に言えないなにかこそこそしようとする者でもない限り、やるはずがない。それでもなんとかやみくもに山に取りついてみると、下草は少なくなり、そう心配することもなくなった。しかし、雑木は勝手に繁っているから、視界などまるできかない。

無言のまま、みな重い荷を背負って登り始めた。山径は昔ちゃんとあったのかどうか、ほとんど痕跡らしいものもない。元々がなかったのではあるまいか。苔のびっしり生えた岩石が、所々に露出している。こんな碌に人も登らぬ山ですら、賢治はきっとたどったのだろう。こんなことを言っているからだ。――この辺りの土地はひどい酸性だから、灰いろの蘚苔類しか生えない。だから、「権現堂山はこんな酸っぱい修羅の地形を刻みだす」と。余計なことだが、権現堂山は早池峰山と同じ蛇紋岩で、別に酸性岩ではない。

賢治はなぜ権現堂山に関心を寄せたのか。なぜ、(多分そうだろうと思うが)登りに来たのだろうか。期待していたものでもあったのだろうか。そんなたわいのないことを、あれこれ考えているうちに、やがて頂上に着いてしまった。しかし、雑木が繁っていて腰を下ろすところもないし、展望すらできない。最近、人が登ったらしい痕跡もない。密かに予想していた祠らしきものもない。もし見渡すことができれば、眼下には北上川がうねり、その彼方に東根山から姫神から、盛岡の背後につらなる山々が視界に入ったろう。勿論、早池峰山も無理だ。われわれは山頂で一、二時間ほどなにやらや

北上川の川畔（花巻郊外）

って過した。山頂は岩肌で硬く、ほとんど刃がたたない。やがて帰り仕度を済ませ、同じ径をたどって麓に戻った。山では風がまるで入って来ないので、まるで蒸し風呂であり、汗が吹き出るように流れた。

　このときになってなぜかふと忘れていたことを思い出した。かつてタイ北中部の遺跡を調べに行っていたときのことだ、この周辺の山野一帯には、十四、五世紀に栄えた仏教遺跡が数百も、完全に廃墟になって埋没している。私の訪れた頃は、まだタイ考古局の修復工事などほとんど手つかずの状態で、中には数百年もの間、足を踏みいれたこともない、熱帯密林《ジャングル》の中にあり、一人で入って行くにはかなりの勇気がいった。遺跡は水捌けのよい丘陵地帯にある場合が多く、道のないこんな所は本当に薄気味悪いのである。ある日、低い丘陵に登ったはよいが、暑さで目まいがし、意識がもうろうとして動けなくなってしまった。心臓の鼓動は早鐘のように異様なまでに昂進して、とうとう気味の悪い倒木や草むらの中で横になるしかなかった。しかもここへ来るとき、大きなニシキヘビを見たばかりだったので、余計気分が滅入った。権現堂山に登り始めたとき、H氏が危うく蛇を踏みつけるところだったから、この初夏の蒸し暑さがとっくに忘れていたこんなことを思い出させたのだろう。

タイ中北部の丘陵地帯には、アンコール・ワットの何十分の一かのミニチュア版の寺院が廃墟となって、七、八百年以上放置されている。これらの遺跡には樹木や蔓草が絡み合い、まったく人を寄せつけない。なぜか仏教遺跡というのは人が来なくなると、どこも途端に恐ろしい所となるようだ。だから権現堂山にも、あるいはハヤツネ神社を祀った古い建物の遺構ぐらいは、どこかにあるのかと思っていたのだが、これはまったくの予想外れだった。日本は建造物を木で造るので、歳月にはとても耐えられない。クメール様式はとくに鉄分を含有したラテライト土を利用するので、レンガは鉄のように硬くなり、千年以上の風雨に晒されようが消滅することはない。これが日本と南アジア一帯の文化の違いであり、同じ仏教文化といっても根底がまったく異なっている。

だらだら流れる汗で、急に古い旅のことなど思い出したが、だれにも話さなかった。話すには余計な説明が長すぎる。しかし、話し相手がいるということは、なんとリラックスさせられることだろう。多分、賢治がこの山に登ったときも、たった一人だったのではあるまいか。私はこのとき彼の孤独の影というものを、いつになく強烈に意識したことをいまも覚えている。

賢治は、ふたたび立つことのできなかった病の床についてから、元気だった頃に登った山々を思い起すことがあったのだろう。「経埋ムベキ山」の発想がいつ頃のことだったかは分らないが、彼の頭の中には走馬燈のように様々な思いが横切っていったことだろう。しかしこの山は、いつも単独でというよりは早池峰山との関わりで、思い出されたにちがいない。

権現堂山からその背後にのぞく早池峰山一帯を、賢治は「……権現堂やまはいま／須弥山全図を彩りしめす……」と書いた。賢治は明らかにこの辺り全ての地域を聖域と感じ、賢治の心象中の曼荼羅の世界と映っていたのであろう。彼は早池峰山を須弥山と考えていたからである。

経典でいう須弥山というのはメール（スメール）山のことであり、ヒンズー教の神話では宇宙の中心にあるとされている。そしてこの山頂にはインドラ神と三十三神の住居があるとされている。このメール山は、一般に南チベットにある聖山カイラスとされている。

すでに前で引用したように、

けむりと防火線
　……権現堂やまのうしろの雲
　　かぎりない意欲の海をあらはす……
浄居の諸天
　高らかにうたふ
　　その白い朝の雲

と詠っている。この権現堂山からやや北東方向へ十五キロばかり行ったところに、猫山（九二〇メート

ル）がそびえている。「山火」と題した別の詩に、

…こんやも山が焼けてゐる…
野面ははげしいかげろふの波
茫と緑な麦ばたや
しまひは黝い乾田《かた》のはてに
濁つて青い信号燈《シグナル》の浮標《ヴィ》
…焼けてゐるのは猫山あたり…

とあって、こちらは夜の情景であり、四月の山焼きを詠っている。猫山の方がずっと山としては権現堂山よりも高く、しかも遠いが、方向は花巻あたりからだと同じである。「けむりと防火線」とあるのは、この「山火」で詠まれているのと一致するであろう。この猫山が実は「どんぐりと山猫」の重要な舞台の一つと思うのだが、だれも信じてはくれないようだ。それは、賢治の作品を野外ではなく机の上で読む以上、理解されることはないであろう。

賢治が眺めた朝、権現堂山の背後には雲が出ていて、あるいは猫山あたりは雲海に沈んでいたかもしれない。これがまた賢治には「意慾の海」に思われたのかもしれない。そして「浄居の諸天」とあるのは、インドラ神を始めとする三十三神のことを指して言っているのであろう。権現堂山というのは、賢治にとって人生のうちに登った単に数ある小さな山の一つではなく、もっと大きな比重を占め

ていたものだったと思えてくる。権現堂山というと、私にはすぐ聖山カイラスが思い出される。

シナノキンバイ

白い城砦

――「うすく濁った浅葱の水が」

いつの季節を詠んだのか正確な日付は不明ながら、賢治が北上山地の上に君臨する早池峰山を詠んだ、印象的な詩の一つに「雲」が遺されている。

青じろい天椀のこっちに
まっしろに雪をかぶって
早池峯山がたってゐる
白くうるんだ二すじの雲が
そのいたゞきを擦めてゐる
雲はぼんやりふしぎなものをうつしてゐる
誰かサラーに属する女《ひと》が
いまあの雲を見てゐるのだ

それは北西の野原のなかのひとところから
信仰と譎詐とのふしぎなモザイクになって
白くその雲にうつってゐる
………

冒頭の「青じろい天椀」という表現は、私にはペルシアの詩集『ルバイヤート』の影響からと思えるが、天の椀を伏せたような青空に早池峰山がそびえ、そのくっきりと浮び上る山頂付近に二筋ほどの白い雲がかかっていたのであろう。この詩からだけでは季節は明確ではないが、このような風景は早春にちがいない。あとでいま少し詳しくふれるように、これは花巻の町から北に行った、北上川の対岸の平地か山裾あたりから遥かに望んだ光景であったろう。

賢治はこのとき、下書き稿にもあるように、始めは早池峰山の山頂付近を流れる雲のたたずまいに、ふと詩人・宗教家としてのなにかのインスピレーションを受けたらしい。しかし、それだけでは詩としての体裁をなさないから、早池峰山の存在をまず最初においたのであろう。

しかし、この「雲」と題された詩は、『春と修羅　第三集』から分離独立した作品だったらしく、ほぼ同じ内容の詩が［うすく濁った浅葱の水が］として遺されている。こちらには「一九二七年四月十八日」とちゃんと日付がついている。

うすく濁った浅葱の水が

けむりのなかをながれてゐる
早池峰は四月にはいってから
二度雪が消えて二度雪が降り
いまあはあはと土耳古玉《タキス》のそらにうかんでゐる
そのいたゞきに
二すじ翔ける、
うるんだ雲のかたまりに
基督教徒だといふあの女の
サラーに属する女《ひと》たちの
なにかふしぎなかんがへが
ぼんやりとしてうつってゐる
それは信仰と奸詐との
ふしぎな複合体とも見え
まことにそれは
山の啓示とも見え
畢竟かくれてゐたこっちの感じを
その雲をたよりに読むのである

このどちらの詩にも、山頂にかかる二すじの雲に「ふしぎなものをうつしてゐる」（下書稿）とあって、賢治にはとくになにか感じるものがあったらしい。下書稿にあるように、漂う雲はあくまで「白玉のすがた」をしているが、実際は「信仰と譎詐の混合体」をしていると考えたらしい。「雲」と題した詩は、かえって最初の印象に手を入れすぎたため、意味がとりにくくなったが、「うすく混った浅葱の水が」はずっと分り易い。幸いこの詩作は日付が四月十八日となっているとふれた通り、この頃は、早池峰山の山峰だけが雪で白く輝いている時期である。

賢治は、この雲のたたずまいを見ているのが、実は自分ではなく「サラーに属する女《ひと》」と、なにか他人ごとのように言っている。これも初めは「ジプシー娘」と書いて、あとで消したらしい。賢治はこの光景を西域風に見ていたことがあったから、サラーはあるいはサリーの記憶ちがいかと思ってみたが、これはちがったらしい。サラーは「俸給《サラー》生活者」（下書稿）とあって、いまいうＯＬのことだったらしい。すると、この詩は私が思っていたほど、深い意味合いのある作品ではなかったようだ。

もうずっと昔から、一つの風景をある期間をおいて連続して見ていったら、どんな被写体が心象風景として映るだろうかと、いつも考えてはいたものの、一度として実行したためしがなかった。しかし、たまたま機会にめぐまれ、冬の二月、早春の三月、春たけなわの四月、そして初夏の五月と、同じ風景を同じアングルから眺めることができた。その場所は花巻のずっと北に寄った郊外から望んだ、北上山地だった。すでに前にふれ、賢治の詩から推測した地点だった。

こんな平凡な風景なら、この町に住んでいる人は毎日眺めていると言われるであろう。しかし、どんなすばらしい風景であっても、毎日見ていたのでは印象は浅い。極端な言い方をすれば、まったく見ていないのと同じである。

賢治が学業生活を終えて盛岡を引き払い、故郷の花巻に戻り住んでから死に到る期間は、残念なことにそう長くなかった。そしてこの実りある短い人生を、厭でも朝夕眺めて暮さなくてはならなかったのは、北上川の対岸、すなわち花巻の東側に続く北上山地であった。この山並は果しなく、眼路の続くかぎり切れ目ない城壁のようですらあった。

この北上山地には、すぐ手前に前衛の山々、せいぜい高度も千メートル足らずしかない低い山が、まるで北上山地を守るかのように、ずらっと並び、どれがどの山かまるで区別がつかない。文字通りドングリの背比べの山々である。しかし私はこの山々を、とても高い山のように思っていた。なぜなら、小学校三年生のとき、この山の風景を水彩画に描いたことがあったからだった。そのバックにそびえる白い早池峰山を、私は何十年もずっと記憶として引きずっていたからだ。

ところが大人になってからこの同じ風景を見たとき、子供の心に焼きつけた巨大な山は、まるで存在しなかった。子供の印象と大人の目で眺めた印象とが、これほど大きなへだたりがあるとは、思っ

オダマキ

残雪。早春の早池峰山

ても見なかった。というのは、聖山カイラスもエヴェレストもスケッチしたことがあるが、私にはこの世界最高峰すら、そう高い山と思えなかったからだ。とはいえ、私はこの早池峰山の風景が嫌いではない。恐らく賢治のいうイーハトーヴの原風景の中で、これが一番好きなものなのである。そしてこの風景は、北上川の岸辺に住む人たちにとって、一生つき合っていかねばならないものでもあった。

このきわめて平凡な風景が、四季折り折り、実に絶妙というべきほど微妙に変化する。雪の一番多いといわれる二月初めには、もし空が、さながらトルコ玉色した青に澄み渡っていたなら、大きな白い三角錐をした早池峰山は、純白の衣装をのぞかせているだろう。そして、山麓の山々は、雪はあるものの黒々として、まるで黒いパランジャをまとった回教圏の女性のように、見えることだろう。

それが三月、四月になると、次第に山麓の山の雪が消え、風景が急に柔和になってくる。これまできんきんするようだった透明な大気が、なにか靄がかかったようにかすんで、なごやかになってくる。山麓が暖められてきたからであろう。とくに早池峰山の白い山峰が、薄いヴェールを通したようにゆらめいているのだ。
そして五月、早池峰山の雪も融け、黒い岩肌が姿をのぞかせ、前衛の黒い山々がにわかに活気づいて、新緑の衣裳をまとう。よく見ると、緑色の色彩が実は微妙に千差万別の変化をみせる。恐らくどんな画家でも、この緑のデリケートな色合いを出すことは不可能であろう。

花巻の北に寄った所から望んだ北上山地がとくに印象的なのは、一つにはこれが日本離れした風景だったからである。賢治はこのことをいち早く感じた人であった。彼の目には北上川をへだててそびえる北上山地が、ちょうどツアンポー＝ブラーマプト川をへだてた彼方にある、トランス・ヒマラヤ山脈と比較されていたらしい。そこで彼は、

あれが巨大なアブクマ〔阿武隈〕の
片麻岩系の山塊であるが
そのいちばんの南のはじから
巨きな光る雲塊ものぼる
それはたくさんの瓔珞や幡を容れた
毘沙門天の宝蔵であると

Trans Himalaya 高原の住民たちが考へる
………

という詩を詠んでいる。この数行後で、「［Sven］ Hedin も空想して」とあるところから、賢治はチベット高原でトランス・ヒマラヤ山脈を発見したスヴェン・ヘディンの著作のことを、ふと思い出していたにちがいない。

ただこの詩の制作過程がいくらか複雑で、初めに「造園家とその助手との対話」が書かれ、それが整理されて比較的長篇の「装景手記」となったらしい。この後者の方にはトランス・ヒマラヤもヘディンも現われず、抹消されてしまっている。ところがその代わりとでもいってよいのか、『春と修羅詩稿補遺』の中にある「毘沙門天の宝庫」の中に、ふたたびこれらを生きかえらせ、賢治はこう詠う。

東は畳む幾重の山に
日がうっすりと射してゐて
谷には影もながれてゐる
………
そのま上には
巨きな白い雲の峯
ずゐぶん幅も広くて

南は人首あたりから
北は田瀬や岩根橋にもまたがってさう
あれが毘沙門天王の
珠玉やほこや幢幡を納めた
巨きな一つの宝庫だと
トランスヒマラヤ高原の
住民たちが考へる

賢治は、北上山地の上にもくもくと盛り上る大きな雲を、毘沙門天のいろいろな宝物を収めた一つの宝庫（宝蔵館）と想像したらしい。この大きな雲の峰―積乱雲が旱《ひでり》のときに人々の雨乞いの祈りで崩れ、烈しい雨になったら、人々は天の宝庫と思うのではないかと言っている。しかし、大正十三年や十四年のはげしい旱魃のときには、そうはいかなかった。この詩の作られた日付はないが、夏の情景を詠んだものだったろう。

ここで話は少し横道にそれるが、一つの推測をしたい。「造園家とその助手との対話」とある造園家とは一体だれなのか、また助手とはどういう人だったのか。私は多分、造園家とは賢治自身を指し、助手とはよく賢治を助けて一緒に花巻温泉で造園の仕事を手伝っていた、賢治の教え子の冨手一だったのではなかったかと思う。冨手氏は私も会ってよく知っていたが、賢治の晩年には花壇工作の忠実な実践者であった。この推測通りだったならば、賢治が望んだ北上山地の風景は、恐らく一番美しく

早池峰山への残雪の道

見える、花巻温泉あたりの少し小高くなった丘陵地帯からではなかったかと推測が成り立つ。

これで「造園家とその助手との対話」の一部が発展して、「毘沙門天の宝庫」になったことは分ったが、この二つの詩の違いは、後者は北上山地の上に湧き出た積乱雲がやがて崩れて雨を降らし、旱天の慈雨となることを夢想した作品であることである。この毘沙門天のことは賢治の空想ではなく、これを祀った神社が、北上山地の前衛の山々のある山麓に建っている。だから遠くから賢治が雲のたわむれを眺めていたとき、この雲の下あたりに毘沙門堂のあったことを、ふと気付いて記したにちがいない。

賢治は北上山地をトランス・ヒマラヤに見立て、その上にそびえる早池峰山をいま一つの霊峰と重ね合わせて、空想の翼をはばたかせていたようである。それはトランス・ヒマラヤ山脈の西の山脈上にある聖山カイラスであった。冬から早春にかけて見る早池峰山は、その雪をかぶった姿がまるでこのカイラスにそっくりだったのである。

カイラス山とは、仏典の中で世界の中心と考えられる須弥山（スメール山）のことであった。この山の頂はヒンズー教と仏教にとって、等しく神聖なところであり、インドラ神の住居と想像されていた。インドラは仏教では帝釈天に当り、またヒンズー教神話では、カイラスの山頂にはシヴァの楽園があるともいわれている。この山を眺めた賢治には、詩で詠まれた以上の思いが行き交ったことであろう。「インドラの網」を初めとする賢治の西域童話は、北上山地と早池峰山とがその原点だったのである。北上山地も早池峰山も、花巻の郊外から、ありありと姿をのぞかせるが、チベットでは賢治が空想して詩にも詠んだようにはいかない。ツアンポー渓谷をへだててそびえるというトランス・ヒマラヤも、この渓谷からはまったく見ることができない。カイラスにたどり着くのも容易なことではない。これらの山々はさながら白昼夢の中の幻影のような存在でもあった。

ぬばたまの夜の山旅——早池峰山麓への道

［北いっぱいの星ぞらに］

最近、世を去った母方の伯父は、九十五歳という高齢にかかわらず記憶は明晰で、私が初めてあった数十年以上前と少しもかわっていなかった。その伯父がかつて黒森山の近くの家から石鳥谷を通り、北上川を渡って大迫を抜け、早池峰山の麓まで達するには、歩くとゆうに一日かかったという。ゆらゆらと大気の中でゆれ、手を差しのばせばとどくほど近そうな早池峰山も、いざ歩くとなると大変な距離だったことが分る。こんな話を持ち出したのは、かつて花巻の家を出た賢治も、歩くとなるとほとんどこれと同じくらいの時間がかかったはずだったからである。

北いっぱいの星ぞらに
ぎざぎざ黒い嶺線が
手にとるやうに浮いてゐて
幾すじ白いパラフォンを

つぎからつぎと噴いてゐる
　そこにもくもく月光を吸ふ
　蒼くくすんだ海綿体《カステーラ》
萱野十里もおはりになって
月はあかるく右手の谷に南中し
みちは一すじしらしらとして
椈の林にはいらうとする
　……あちこち白い楢の木立と
　降るやうな虫のジロフォン　……
橙いろと緑との
花粉ぐらゐの小さな星が
互にさゝやきかはすがやうに
黒い露岩の向ふに沈み
山はつぎつぎそのでこぼこの嶺線から
パラフヰンの紐をとばしたり
突然銀の挨拶を
上流《かみ》の仲間に抛げかけたり
……

早池峰山麓の道は昼でも夜道を行くよう

これは生前未発表だった『春と修羅　第二集』に収められた、［北いっぱいの星ぞらに］と題した詩の出だしの部分である。日付は一九二四年八月十七日になっている。この詩の最終稿にはタイトルがなく、全体四十行にわたるこの詩の中にはただの一ヵ所も、地名が現われてこない。そのためこの詩を読んだ限りでは、いくら鋭い目をひからし、イーハトーヴの地理に明るい人であっても、一体どこを歩いたときの印象を詠んだ作品なのか、つきとめる手掛りを見つけることはまず無理であろう。

しかし幸いというべきか、この詩にも制作過程を克明に記した下書稿が六種も遺されている。次から次へと推敲していった過程がよく分る上、最終稿にはタイトルがなかったが、これで完成だったかどうかは怪しい。

初め、私はこの詩をさっと読みとばし、場所不明の詩と片付けていた。しかし、いま一度目を通し、次いで書いたり消したりした下書稿の入り乱れた部分を追っていくうち、この詩は彼がたどった後を追っていく上で、実に興味深い作品であることに気がついた。ただ、この判読不能に近い生原稿を起した編集者は、本当に根気のいる仕事だったろうと思った。

賢治の詩作には、一つのパターンがあり、現地で実際に歩いたり見たりした体験の印象をノートに記録したが、それがそっくり詩になることはむしろ珍しい。それを幾度も幾度も練り直し、やっと自分の気に入った作品として完成させる。ところがその最初の印象にあとから手を加えれば加えるほど、文章は華麗で精緻になったが、人に訴えるある種の印象やインパクトは薄くなり、最後に読者にはなにがなんだかさっぱり訳の分らぬものになるのも、少なくなかった。多分、作者自身も後からでは、よく分らなくなったこともあったのではなかろうか。次の詩もそんな作品の代表だったといえよう。

賢治は、まずこう書き始めたようだ。

草の穂やおほばこの葉が
みんなくっきり影を落す
この清澄な月の昧爽近くを
楢の木立の白いゴシック回廊や
降るやうな虫のジロフォンに送られて
みちはまもなく原始の暗い椈林

　つめたい［〔渓〕］谿にはいらうとする

　彼はいまどこを歩いているのか読者には分らない。野草が径一杯にあふれ、そんな暗い夜径をなにやらひたすら歩いているらしい。虫がしきりにすだいているところを見ると、もう往く夏のようだ。間もなく、月も見えた所から人の手の入らない椈林《きく》の中へ、冷気を感ずる渓谷部にかかったようだ。椈とは〈このてかしわ〉のこと。ここまでで第一稿は終っている。これには「谷の昧爽に関する童話風の構想」と付けられている。結局、このタイトルはあとで削られてしまったが、のち早池峰山を詠んだ詩「山の晨明に関する童話風の構想」と、どうも対になりそうなものだった。

　さてこれが第二稿になると、もう目茶苦茶に手が加えられて、文脈はほとんどたどれないようであるが、かろうじて遺された切れ切れの部分から判断すると、賢治は空を仰ぎ、またたきそめる星を眺め、天空を一つの宝石箱にでも見立てたような、美しい情景描写を書いている。乱れた文脈を少し整理すると、

　　……星にぎざぎざうかぶ嶺線
　　月光を吸ふその青黝いカステーラ
　　中岳はけはしい峯の露岩から

とあって、初めて中岳が現われる。中岳が出てくれば次の山もおおよそ予測がつく。

そのほのじろい果肉のへりで
黄水晶とエメラルドとの
二つの星が婚約する
……雲のはかない残像が
白く凍えて西にながれる……
じつにそらはひとつの宝石類の大集成で
ことに今夜は古いユダヤの宝石商が
穫れないふりしてかくして置いた金剛石を
みんないちどにあの水底にぶちまけたのだ
[鶏頭山のごつごつ黒い冠に]
[巨きな一つのブリリアントが擦過して]
[そこから暗い雲影が]
[ななめに西へ亙ってゐる→ななめに西へ亘ってゐる]

ここで初めて中岳と鶏頭山とが姿をのぞかせた。地図を見ていただければお分りのように、賢治は西から東へ岳川の渓谷に沿って、せっせと歩いているらしい。この渓谷に対して北側には、そそり立つ尾根が西から東へ谷と径に平行に走っている。そして、西から順に鶏頭山、中岳、早池峰山と一列になって続いている。このうち中間の中岳を、下の渓谷あたりから仰ぎ見ると、その山のさらに上方には黄水晶色した星と、エメラルド（青）色した星とが、すぐ間近に向き合っているらしい。賢治はこの夜、いくらかロマンティックな気分だったらしく、早速、「二つの星が婚約する」と表現する。多分、あとになるとこうした浮わついた気持は、たちまち消えてしまう。

この夜は、幸いすっかり晴れ渡っていたらしい。月も傾き、これが満天の星の輝きを奪うほどでもなく、すっかり澄んだ大気の中で、星はきらきらとまたたいている。文字通り、「宝石類の大集成」で、隠匿してあった金剛石《ダイアモンド》を、ユダヤ人の宝石商がいちどに大空という水底に、ぶちまけたようだと言っている。水の中にあってもきらきら光るのはダイヤだけ、人造のガラス玉ではまるっきり光らない。そのとき一番大きな、ブリリアント型に研磨されたダイアモンドが、中岳の西に続く鶏頭山の岩峰を通過した。

賢治は恐らく、八月十七日の午後早くに花巻の自宅を出て、北上川を渡り、大迫の町中を抜けて山にとりつき、岳川の縁りに沿ってずっと歩いて来たのだろう。大きな鳥居をくぐると岳川の橋を渡り、これまで川の左手を歩いて来た道が右手に寄る。ここに岳の集落があり、すぐに早池峰山神社となっている。どの辺りで日没になったのか、ごうごうと岩を嚙む谷川の水音は、夜に入ると一段と騒がしかったろう。明りを持っていたのか、夏の宵は羽虫が沢山飛んでいる。下書稿の第三稿になると、いま一度、最初の部分を反復している。

草穂の影が
みんなくっきり路に落ち
月は右手の木立の上で
夜中をすぎて熟してゐる
社務所の方も蒼くひっそり
萱野十里も終りになって
まばらな楢の尖塔や
降るやうな虫のすだきを
路はひとすじ［ひら］しらしらとして
原始の暗い椈林
つめたい霧にはいらうとする
しかも今夜の
なんといふ明るさだらう

すでに時刻は夜半を過ぎているようだ。この詩が十七日であるとすると、実は家を出たのはこの前の十六日だったのかもしれない。この詩からだと彼のいま歩いている所がだいたい分る。月は南に回ったようだ。進む右手は南に当る。「社務所の方も蒼くひっそり」とあるのは、月の光をあびて社務所の屋根や壁は蒼白く、ひっそりと静まりかえっていたのだろう。この社務所はいわずと知れた早池峰山神社の社務所のことだ。ここを通りすぎると、路はすっかり山径にかわり、暗い林の中に入ってしまう。ただ「今夜の／なんといふ明るさだらう」とあるのを見ると、賢治は十六夜の夜に出かけて来たのかもしれない。林の左手（北側）は渓谷（岳川）にのぞみ、所々で樹木の切れ目から頭上に黒い山の稜線が見える。鶏頭山があり、続いて別の高い山影が、影法師のようにそびえ立っている

ここで前の詩の続きに入る前に、いま一度下書稿の㈡に戻らねばならない。この部分が㈢稿では落ちてしまっているらしいからだ。

北いちめんの星の嶺線
そこにしづかに月光を吸ふ
蒼黝いカステラ
その氷鋼のそらのはて
軟玉の環を繞らす
早池峰の頂からは
[軟玉の環がうかんで]
パラフキン製の海蛇が
しづかに北に放たれる
中岳がふたたびほのかなといきをすれば

そのあをじろい果肉のへりで
二つの星が婚約する
こんどは雨の鶏頭山の
ごつごつ黒い冠を
巨きな一つのブリリアントが擦過して
パラフヰン製の海蛇が
氷鋼の空の水底
無数に西に放たれる
………

ここでようやく早池峰山が姿をのぞかせる。賢治もかなり東に進んだらしい。とくに「軟玉の環を繞ら」すとあるのは、軟玉の王冠ということはないだろうから、明らかに軟玉で造った首飾りということになろう。軟玉の環（首飾り）という表現は、私の知る限り賢治の使用例ではこれ一つしかない。軟玉は一般に玉《ぎょく》、ネフライトのことだ。多分、星に青白い軟玉製の玉（珠）を想像していたのであろう。しかし、これは第三稿（下書稿㊂）ではばっさり削られてしまう。そこで下書稿㊂の前文の続きにふれてみることにしよう。

北いっぱいの星ぞらに
ぎざぎざ亘る嶺線が

手にとるやうに見えてゐる
そこでもくもく月光を吸ふ
蒼くくすんだカステラは
だんだん高くのぼって行って
たうたう黒い露岩に変り
いまぽっかりと
ひとつの銀の挨拶を吐く
さうだそいつが中岳なのだ
もうあをあをと寂まってゐる
また氷鋼のそらのはて
早池峯の上あたりから
いくすじ白いパラフ𛅤ンは
しづかに北へ飛んでゐる

幾重にも重なった下書稿の中から、なんとか文脈のたどれるものは、せいぜいここまでであろう。なぜこんなにまで賢治は推敲しなければ気が済まなかったのか、しかし、ここではそれ以上ふれないことにしよう。下書稿㈢には、わずかに次のような記録が見られる。

「鶏頭山から［中岳までの　また中岳から］早池峰［までの］」

という、メモともいえるものである。これは西から東へと渓谷沿いに歩いていったとき、姿をのぞかせる山の名である。賢治は、不思議なことに、早池峰山神社あたりから早池峰山の山麓までの五、六キロの距離を自分の足で歩いた記録を、最終稿から綺麗さっぱり除いてしまった。なにか人に知られたくなく、隠す必要があったのか疑問であるが、これも別に理由などなくめんどうになってカットしたか、彼一流の隠蔽癖だったのであろう。しかし、もし下書稿が遺されていなかったら、この詩の興味などずっと薄いものだったであろう。

早池峰山へのルートは、いろいろな季節に、しかも朝や日中や、夕刻、ときに夜半にまで通ったことがある。賢治がたどった頃から数十年の歳月は、この山をすっかり変貌させてしまった。しかし、まだ三、四十年前までなら、この辺りも賢治の歩んだ頃とそう違っているとは思えなかった。登山シーズンでもない限り、人影はまず絶無であった。

早池峰山神社の社務所を通り過ぎた辺りから、岳川の渓谷は急に深くなり、数十メートルも谷を刻んでいる。とくに雨の降った後などは、水音だけがごうごうと響いている。夏の頃になると樹木が密生しているので、鶏頭山、中岳、早池峰山と、山頂部分を眺めることすら容易でない。だから賢治が眺めたと記している山頂部分は、あるいは春や秋の木の葉をふるい落した頃に眺めた山を、心象風景として思い描いたのかもしれない。

山径はくねくねと曲り、賢治がたどった頃はかろうじて人一人が歩けるほどのものだったろう。夜は人の感情を興奮させるものであるが、とても夜の散歩道というようなものではなく、ときに荊棘《けいきょく》をわけて通らねばならないこともあったはずである。いかに月夜であっても深い山の中であり、明りを

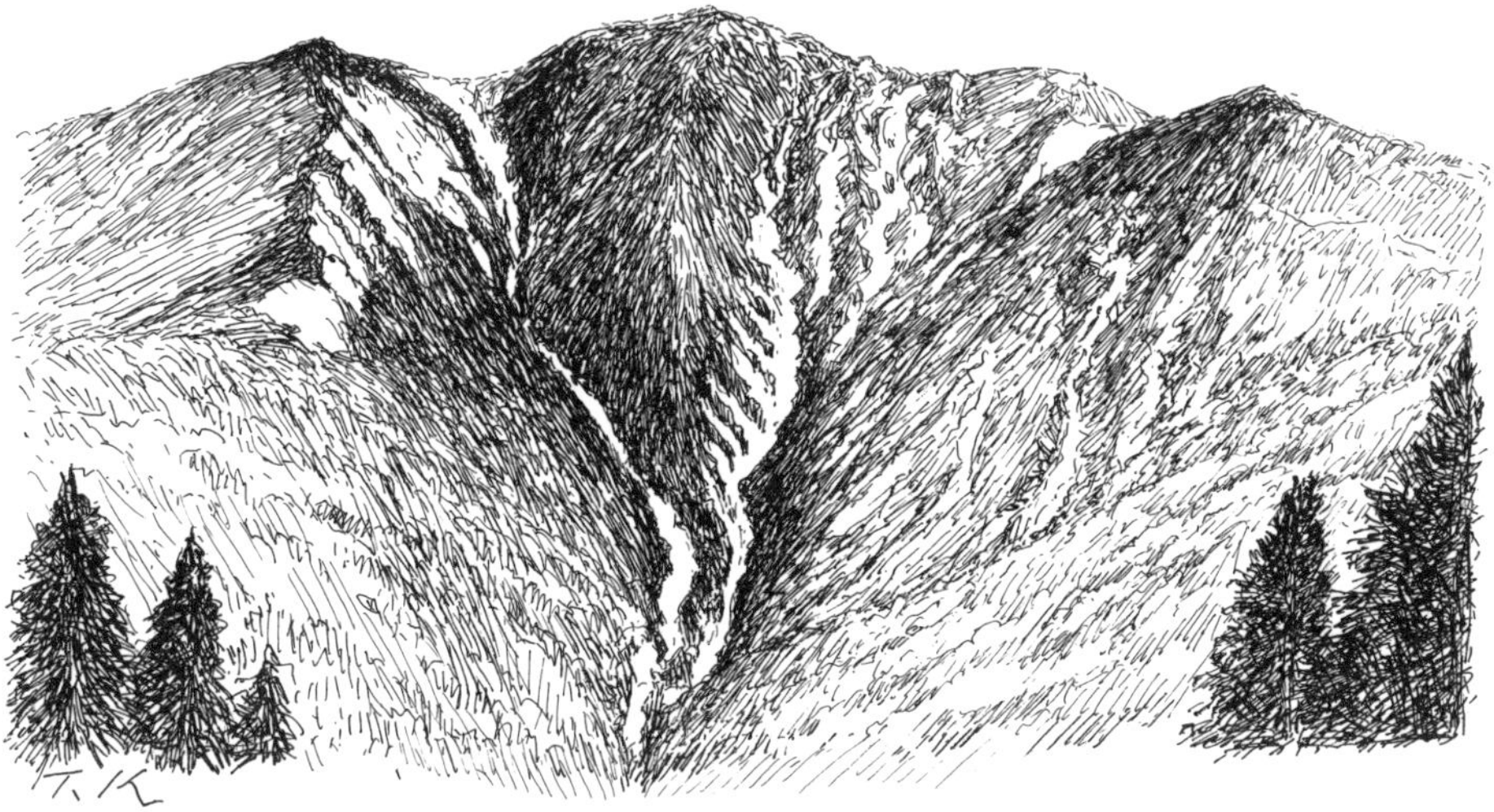

早春の早池峰

持たずに歩けたとはとても思えない。しかし、彼はどこにも灯火を持って行ったとは記していない。

たしかに彼は夜の山歩きに慣れていた。「楢ノ木大学士の野宿」の舞台である、葛丸川の渓谷での野宿、外山から北上山地に入った夜の旅、いずれも一人歩きである。こんな人家もない、径もろくにない山径を歩くのは、通常の精神状態ではとても無理で、彼はこのとき躁《そう》の状態ではなかったろうか。書き遺された沢山の詩の草稿の中にも、一ヵ所として気味が悪いとか恐ろしいという表現はない。それに暗い蔭もまるでない。ぬばたまの夜の旅なのに。

こんな暗い林の中の夜道では、詩のノートもとれたはずがなく、どのように歩いていたか私にはまったく謎だ。というのは、私も少なくともこんな夜道のいくつかは体験して知っているが、それは気味が悪くて恐ろしいものだった。蛇でも踏みつけるのではないかと、始終びくびくして歩かねばならないからだ。それなのに賢治は実に悠然と歩いている。足元になどまるで関心がなく、空を見上げて星と語り合っているのだ。口笛を吹いたり、鼻歌を口づさんだりしたほど陽気だったとは、どこにも書いていないが、それほど心がはずんでいる。これは私にはまったくの驚異としか言いようがない。
ともかく賢治は夜っぴいて歩き、払暁までには早池峰山の山麓に達していたことであろう。このときどんな気持が彼の胸を占めていたか、やはりそれは宗教的な思いだったようだ。彼は下書稿㈤の中に、こう記しているから。

四方の天もいちめんの星
それもろもろの仏界に
無量無辺のかたちあり
あるひは円《まど》きあるは扁《ひら》
あるは花台のすがたなり
………

このメモ風の記録から、やがて最終稿へと整理されていったようで、それは賢治の祈りの言葉でもあったのであろう。

いちいちの草穂の影さへ落ちる
この清澄な味爽ちかく

あ、東方の普賢菩薩よ
微かに神威を垂れ給ひ
曾つて説かれし華厳のなか
仏界形円きもの
形花台の如きもの
覚者の意志に住するもの
衆生の業にしたがふもの
この星ぞらに指し給へ

賢治の夜の行程をここまでずっと追って来て、私はもうこれになんの論評を下す言葉がない。ただ賢治が、葱嶺《パミール》の天険を越え、スワート地方を抜けて〈花の谷間〉と呼ばれたガンダーラ地方をもし訪れることがあったら、どんなにすばらしい紀行をものしたろうかという思いだった。西暦四〇〇年の頃、このコースをたどった中国の求法僧・法顕は、きわめて簡潔な紀行を遺したが、それがきわめて正確だったと、のちにこれを調査した考古学者サー・オーレル・スタインが書いている。現代の賢治なら十分それを果したであろう。しかし、賢治が生きた時代や人生では、そうしたこと一切は許される状態でなかった。それが大変残念であり、不幸だったと思い諦めるしかない。

蛇紋岩のつぶやき

――「早池峰山巓」

いささか酔狂ともいえる夜の冒険行は、賢治にとっていつもの行動パターンだった。古くは盛岡にいた学生時代、仲間たちと夜通し秋田街道を歩いた記録もある。また近くは、北上山地の外山へ遠出したこともあったが、その日も満月の夜の行動だった。

『春と修羅　第二集』の詩に付いている詩作の日付に、どのくらい信憑性があるのか私にはよく分らないが、ほぼ信じてよいのではないかと思う。すると「北いっぱいの星ぞらに」と、次に続く「早池峰山嶺」との日付が同じ一九二四年八月十七日ということは、前者の旅は十六日から十七日にかけてととった方が無難であろう。

賢治が花巻の家を出て、大迫を通り、岳川沿いに早池峰山神社辺りを抜けたのは、多分一日前の十六日の夕刻から夜にかけてだったにちがいない。そしてこの夜も、満月の前後だったのではなかったろうか。彼は夜を徹して岳川の深い渓谷部を通り、払暁に早池峰山の山麓に達したのにちがいない。それは十七日の朝だったろう。

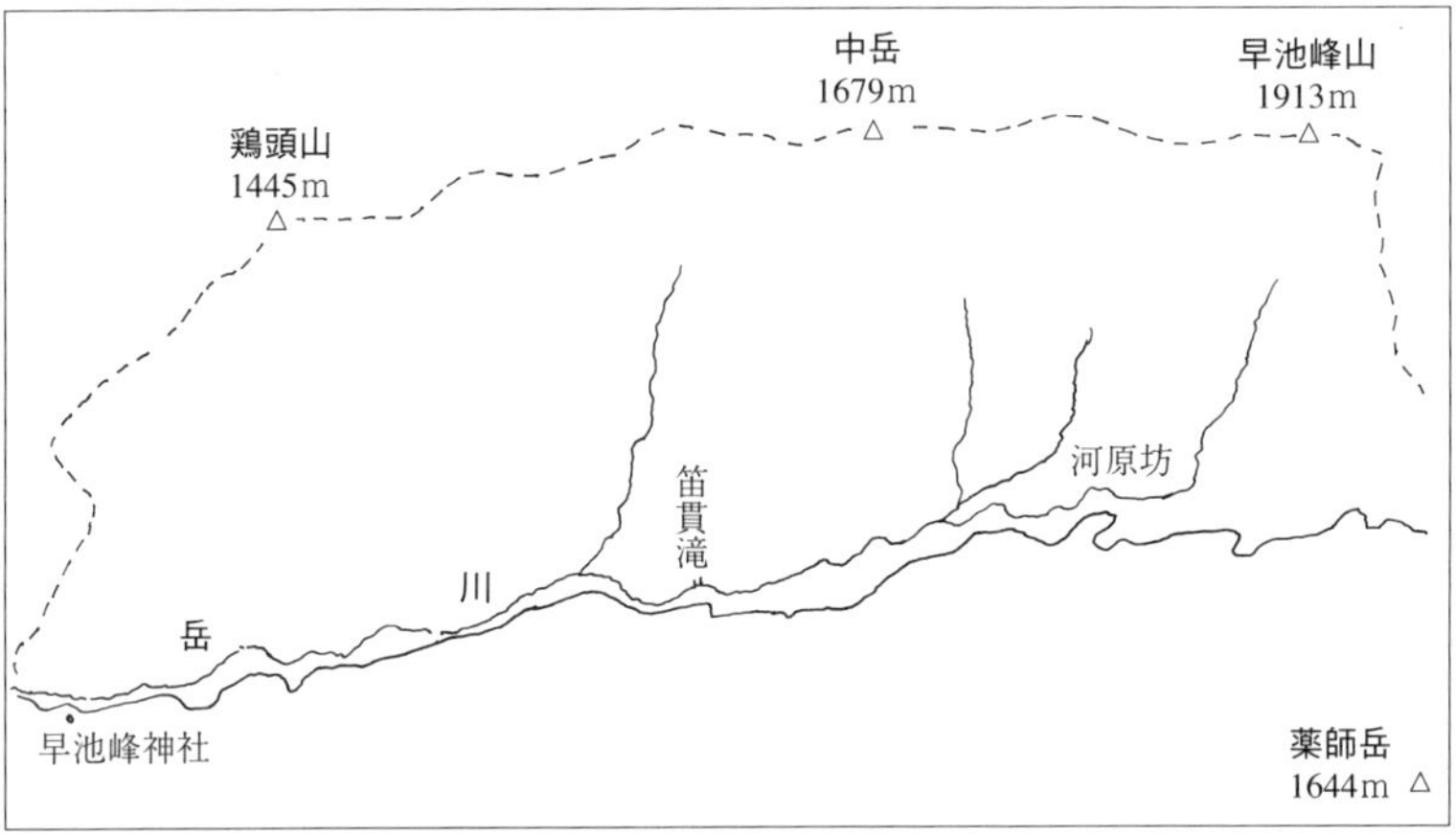

季節としては八月中旬、この山はもう早秋の風が吹いていたはずである。草はまだ青いが、秋の気配は濃厚だったろう。しかし、彼は早池峰山に一体なにをしにやって来たのだろう。ただ秋風に誘われたのだろうか。それとも彼の血がなにか騒いだのだろうか。

同じ年の春四月、この旅のちょうど四ヵ月ほど前に、彼は同じ北上山地のずっと北に当る外山へ行っている。このことはすでに別の稿でふれた。そのときには、池上雄三氏のすぐれた研究で、賢治が外山牧場に馬の検査を見学に行ったことが分っている。では今回の早池峰山にはなにか別の目的があったのだろうか。この日は別に神社の祭礼でもなかったようだし、山開きどころか山の終り頃の季節だし、高山植物の調査でもなかったようだ。彼は早池峰山には登ったらしいが、具体的な記録がないようである。この推測には改めてふれることにしよう。

賢治は昨夜は眠っていないので、結構くたびれていたと思えるが、それでもここから引き返す訳でもなく、どうやら天気も悪くなかったので、てくてく山に向って登り始めたらしい。しかし、夜の旅の方は克明に、幾度も下書きをくり返して書いているのに、こちらの方はさっぱり熱意が感じられない。エネルギーを燃焼し尽したのか、あまり周囲の印象が新鮮でなかったのか、ちょっと不思議である。

早池峰山の登山は、岩手山と比べるとずっと容易である。山麓から山頂を仰ぐと荒れた岩肌がずっと続くが、その手前にごくわずか樹林帯が山を覆っている。これも登りにかかればすぐに切れ、たちまち岩石の露出した急な斜面になる。初めのうちこそジグザグの山径を這うようにたどるが、間もなく頂上近くになると垂直の岩壁をいくつかよじ登らねばならなくなる。そこで賢治の「早池峰山巓」を見てみることにしよう。

あやしい鉄の隈取りや
数の苔から彩られ
また捕虜岩《ゼノリス》の浮彫と
石絨の神経を懸ける
この山巓の岩組を
雲がきれぎれ叫んで飛べば
露はひかってこぼれ
釣鐘人蔘《ブリューベル》のいちいちの鐘もふるえる

みんなは木綿《ゆふ》の白衣をつけて
南は青いはひ松のなだらや
北は渦巻く雲の髪
草穂やいはかがみの花の間を
ちぎらすやうな冽たい風に
眼もうるうるして息吹《い》きながら
踵《くびす》を次いで攀ってくる

短いこの詩を二つに分けると、その前段階の部分である。賢治が山に登攀してくる過程は、せいぜい最初の四行ぐらいしかなく、詳しい印象には一切ふれていない。そのためこの四行の解釈は言われるほど簡単ではない。

まず最初の「あやしい鉄の隈取りや」というのが、正確な意味がとりにくい。そのまま読むと断崖の岩壁に登攀に便利なように岩に取り付けられた、鉄の鎖ともとれるからである。いま一つは、早池峰山の山を構成する岩石に関することである。早池峰山は蛇紋岩からできており、見た目には薄緑色から暗い緑色をしている。これらは超塩基性岩から生成されたもので、いくらか磁鉄鉱をクロム鉄鉱が含有している。私の記憶にはそう強い印象は残っていないが、賢治には所々で黒ずんだ鉄鉱石の隈取りが、あやしく語りかけていたのかもしれない。それとも黒く大きな眼のまわりに黒々とアイシャドウをつけた、美女の像でも思い浮べたのだろうか。

次の「数の苔から彩られ」が分らない。岩肌に付着した沢山の緑色した苔に彩られている、といったたぐいの意味なのだろうか。

「また捕虜岩《ゼノリス》の浮彫と／石絨の神経を懸ける」とある二行も、賢治の気持を正確にとらえるのは私にはちょっと無理だ。そこで私流に解釈してみることにしよう。早池峰山の周辺の岩石構成を見ると、早池峰山のすぐ東側には斑糲《はんれい》岩が見られ、これは造山帯で超塩基性岩（蛇紋岩）や花崗岩に伴って産する。賢治が夜通し歩いて来た岳川の渓谷部は二畳紀の地層であるが、この谷を挟んで北側の早池峰、中岳、鶏頭山は蛇紋岩、南側の薬師岳を含む広大な地域は花崗岩である。二畳紀の地層を突き破って花崗岩が貫入したため、すでにふれたように斑糲岩や蛇紋岩が見られる訳である。

そこで「捕虜岩《ゼノリス》」というのは、いまでは一般に捕獲岩（xenolith）が使われている。火成岩中に別の種類の岩石を取り込んでしまっているのを指して呼び、賢治が早池峰山の登攀中にこれを見かけたのかどうか不明である。むしろ早池峰山の真向い（南側）にそびえる薬師岳か、その山麓に落下していた岩石中にこれが見られたのかもしれない。岩の中に別の岩石が入っていると、一見して浮彫のように――浮き出ているように、見えたのかもしれない。これは人の感じ方の違いである。問題はむしろその次の「石絨の神経を懸ける」で、石絨《せきじゅう》とは石綿（アスベスト）のことで、蛇紋岩の一種であり、白く繊維状をしたものだと、さながら絹糸のようにきらきら光る。だから「石絨の神経」とは、石綿の繊維がまるで神経の線のようだということかもしれない。そして、これをたまたま見かけた彼は、早池峰山の神経とでも言いたかったのかもしれない。

賢治は早くも山頂に達してしまっているらしい。こういった山の頂を構成する岩石上を、雲がきれ

早池峰の岩峰，ロックガーデン

ぎれに叫びながら飛んでいく。この日は天気はよいが、山頂付近には白い雲が沢山出ていたのかもしれない。こんな体験なら私もしたことがある。早池峰山が辺りよりひときわ高くそびえているので、山頂付近の気流はいつも激しい。そして、この頃、山頂付近には無数の赤トンボが群遊していたことだろう。

ここから賢治の筆は地質現象から一転して植物に移っていく。八月も中旬を過ぎれば、高山植物の大半は盛りを過ぎ、山はもう秋であったろう。咲き残りの草花、早いものはもう種子をつけていたろう。釣鐘人参《ブリューベル》、いわかがみ、あるいはこけももやうめばちそうが咲いていたのだろうか。賢治がルビを振った〈ブリューベル〉というのは、釣鐘草の総称ではなかったろう。青色した釣鐘形した草花、blue-bell の意味として使ったのだろう。ツリ

ホタルブクロ

ガネニンジン、ホタルブクロといった袋状の花をつける草花を、こう呼んだのかもしれない。ただ、仏塔（ストゥーパ）もよく bell-shape と呼ばれている。

　同じ早池峰山を扱った別の詩「山の晨明に関する童話風の構想」の中にも、「傾斜になったいちめんの釣鐘草《ブリューベル》の花に」と書いている。この詩の少し後に「まるで恐ろしくぎらぎら熔けた／黄金の輪宝《くるま》がのぼってくるか」という輪宝も、同じように釣鐘型と考えられるのかもしれない。

　高山植物の宝庫でもある早池峰山の斜面を、賢治は一心に山頂目ざしたのだろう。そしてこれに続く数行は、こうした登山がけっして単なる酔狂ではなかったことを、吐露している。

九旬にあまる旱天《ひてり》つゞきの焦燥や
夏蚕飼育の辛苦を了へて
よろこびと寒さとに泣くやうにしながら

たゞいっしんに登ってくる
　……向ふではあたらしいぼそぼその雲が
　　まっ白な火になって燃える……
ここはこけももとはなさくうめばちそう
かすかな岩の輻射もあれば
雲のレモンのにほひもする

最初の三、四行は、ここを舞台にしたと思える童話「マグノリアの木」を、ほのかにしのばせるものがある。賢治は一巡礼者としてこの山に登って来たようにも思える。しかし、これがけっして暗くならず、漂う雲にレモンの匂いもすると結んでいる。

賢治にとって、早池峰山登山が単なる趣味でなかったらしいこと、宗教的な意味合いもあったらしいことがなんとなく浮んではきたが、彼が早池峰山に強い関心を抱いた理由が、なにかいま一つ根底にあったように思えてならない。それはこの山塊が蛇紋岩で出来ているということに外ならない。蛇紋岩というのは、熔成リン肥の原料として使用されているのである。これはリン鉱石と蛇紋岩とを粉砕し、熔融して作るのだといわれる。賢治は晩年、石灰肥料に粉心するのであるが、そのため彼は蛇紋岩の性質に関心を持っていたのではなかったろうか。

蛇紋岩はいま一つ別途の利用法があった。装飾用の石材の原料である。表面をよく磨くと輝きが出て案外美しい。早岩峰山の蛇紋岩がそれに適した石材だということは、わたしも聞いたことがないのでまるで見当がつかない。しかし、賢治がこの山の岩の組成に並々ならぬ鋭い観察眼を発揮しているのには、そんな下衆の勘繰りも起るのである。

早池峰山にはいま一度、別の視点からふれなくてはならないであろう。このとき蛇紋岩が一体なんとつぶやくかである。もういいかげんに「放っておいてくれ」と言うかだ。

ツリガネニンジン

早池峰山——ロックガーデンの試み

——「花鳥図譜・八月・早池峯山嶺」

ある年の盛夏のころだった。多分、八月の十日前後のことだったろう。友人のH氏と——またH氏だ——早池峰山に登ることにした。別に目的はなかった。彼は仕事の写真を、私はすでに盛りを過ぎた高山植物と、遅咲きの種類の草花を見るつもりだった。早池峰の高山植物を見るなら七月がよく、八月に入るともう時期としては遅いようだ。

天気は悪かったが、明日はよくなるさのいつもの癖で、早池峰山の山麓まで車で登って来たのに、夜に入ったらひどい豪雨になってしまった。まるで篠つく雨という表現がぴったりで、山全体は真暗闇でなにも見えないが、ごうごうというすざまじい雨音と、たちまち山腹を流れ下る雨水であふれ、山径は谷川に変わってしまった。こうなるともう山の中に捨てられた落葉のような有様で、気温もあっという間に降ってしまう。

「明日は晴れるだろうか」

「晴れるだろうよ。しかし、樹林帯はすっかり沼地になって、歩けないだろうな。泥んこもいいところさ。山頂の残雪が融け出して大洪水だ。ただまだ雪があったらの話だがね」

話もとぎれ、やがて車の中で二人ともぐっすり眠ってしまったようだ。賢治がその昔、野宿して不思議な夢を見たという河原坊は、すぐ目と鼻の先だ。季節も同じ頃だったかもしれない。「こんな豪雨じゃ、お化けも退散だ」と軽口は出るが、詩的感興などまるで湧いてこない。バシャバシャ、ピチャピチャ、野外の軍楽隊は夜中過ぎまで派手に演奏していたが、やがて静かになったようだった。

翌朝は、雨はすっかり上っていたけれど、まだ朝日の昇らない早朝の早池峰山頂は、重い雲に覆われていて、山麓からだとまるっきり見えない。「地面は水浸しだし、山頂はきっと湖水になっているよ」、これで今日の登山は諦めてしまった。朝のうち山頂は雲が出ていたが、周囲の状況はまるで悪すぎた。

予定が一つ狂ってしまうと、全てがおかしくなってくる。「しかたがない、遠野へ行こう」ということになり、山を東側に下り、北上山地の山中をぐるぐるめぐって、遠野盆地に下ることになった。朝の八時をすぎると、空はすっかり晴れわたり、今日もひがな一日、真夏の太陽と戦わなければならなくなる。

「賢治はこの道をたどったことがあるだろうか」

と、陳腐な質問をする。H氏の知識は百科事典のように該博だ。

「あるだろうけど、いまは牧場にするとかいって山の木を伐採して、丸坊主にしてしまったけど、昔は山は全部が森林さ。山道は細く狭く、勿論、展望だってできやしない。ずっと遠回わりまでして、遠野盆地に下りてくるのはむずかしいね。それに賢治は遠野にあまり踏み込んでいないよ」

「賢治のイーハトーヴが岩手県全体なのか、それともその一部なのか知らないけれど、少なくとも彼はイーハトーヴ全域を自分の領域《テリトリー》とは思ってないみたいだね」

「賢治は、盛岡の北には入っていない。あそこは啄木の領分だ。わずかに盛岡の東の外山にはふれているが、あそこは啄木と関係ない。あんな山中のださい所はダンディーな啄木は嫌いだろう」

「それにこの遠野だね。遠野は明らかに佐々木喜善の領域だ。賢治は相手のテリトリーは注意深く避けるようにしているみたいだけど。賢治の校本全集なら二、三度目を通したが、柳田国男の『遠野物語』はたしか一度も出て来ない」

「賢治は注意深い人なんだよ。関わりない場合、なるたけふれないようにしているんだな」

「佐々木喜善は賢治の晩年、わざわざ会いに来ている。だから柳田国男も、『遠野物語』も知っていたはずだがね。柳田国男の世話を受けたのが金田一京助で、金田一は賢治を知っていた。金田一を通じて賢治のことは、柳田にも伝えられていたろう。私は金田一博士の最晩年しか知らず、北海道のことでご心配かけてしまった。しかし、賢治のことはさっぱり話題に上らなかった」

「こういったことは、知られざる賢治の周辺のことだけど、研究する人がいないみたいだね。みな賢治のことにしか興味がないんだよ」

「せっかく来たのだから、喜善の家や、彼の墓詣りでもして行こうか。彼の墓碑はたしか柳田国男の門弟の折口信夫が書いていたと思ったが」

　遠野盆地は、ともかく夏暑くて冬寒い。山から下って町中に入ると、もうどっと汗が出る。ちょうど小さな川べりを通りかかると、小学生ぐらいの男や女の子が、旗をもって虫封じの行事のため一列になって歩いている所だった。「どこへ行くのだろう」「あっ、河童淵まで行くんだよ」「ならこちらも参加するか。虫封じでなくて賢治封じだ」。

　この日はそよとの風もなく、晴れわたった空には雲もなかったが、遥か早池峰山の山頂には白い雲がまとわりついていて、その姿はとうとう見せなかった。

＊

　翌早朝、われわれはまた性懲りもなく早池峰の山麓までやって来た。すでに幾度も登っているのだから、別にそう執心する必要はないのだが、こうなると半分意地である。空気は乾燥しているので、最高の登山日和である。こんなときふと時代が何十年か逆回りして、賢治の時代に戻ったような気持になる。だからときにはどこかその辺で、賢治に会えるような気分になったりするが、すぐに現実に引き戻されてしまう。

　下界はまだじりじりと盛夏であるが、八月に入ると山一帯は早くも初秋の気配が色濃く漂っている。登山客はまるで見かけない。山麓の樹林帯に入るが、夜明けにはまだ間があるので、辺りは真暗である。山頂で御来迎を見ようという魂胆だが、なぜか少し時間に遅れている気がする。息切れするので、お喋りは慎まねばならない。急なスロープを登り切り、次いで岩場にかかった頃、どうやら東の空が、もやもやと怪しくなってきた。しまった、遅すぎた。辺りが急に明るくなり、雲の動きがせわしくなり出した。岩手山でも見事に失敗し、H氏は駆け登っていったが、ここではもうだめだ。とても間に合わない。

辺りが明るくなると、いままでのっそり立っていた前面の薬師岳が、まるで前庭の築山のように見える。いつ見てもこの山に登りたいとは思えない。早池峰から西に続く中岳、鶏頭山の頂上部分も明るくなった。そのずっと先は雲海に隠れてしまって見えない。大きな岩場にぶつかった所で、とうとう朝日に追いつかれてしまい、もうこれまでと諦めた。

いままでほとんど目につかなかった高山植物が、急に見えてくる。一番多いのが岩の隙間に咲いている、銀白色のハヤチネウスユキソウ、しかし、この可憐な花も最近すっかり数が少なくなった。六、七月頃には、十分生育していなかったものが、いまではすっかりたくましく生い繁って、花を咲かせているのもあれば、さっさと散ってもう終りというのもあるようだ。早咲きと遅咲きの草花が、いま交代しているといっても、年々の植物の数は明らかに減少している。

賢治が『春と修羅　第三集』の「早池峰山嶺」の中で、

雲がきれぎれに叫んで飛べば
露はひかってこぼれ
釣鐘人参《ブリユーベル》のいちいちの鐘もふるえる

ハヤチネウスユキソウ

と詠んでいる釣鐘人参や、また「北に渦巻く雲の髪／草穂やいはかがみの花の間を」と詠んだイワカガミも、さらにはこけももやうめばちそうの草花も、随分、辺りを捜したがさっぱり姿を見かけない。賢治はここで草花の品種を四つばかり上げたが、これは別に早池峰山独自の高山植物という訳でなく、比較的どこでも見られる平凡な花だったようだ。早池峰でよく知られた白い花を咲かせるヒメコザクラや、エゾフウロ、黄色の花のナンブイヌナズナやキンロバイ、一度見ると好きになるナンブトラノオやこれによく似たナンブトウウチソウ、綺麗なピンク色したタカネナデシコ、岩の間にひっそりと姿を隠すように咲いている。

早池峰山は、少しずつ季節を変えて訪れると、そのときどきでみな咲いている花が違っている。八

ナンブトラノオ

月に入ると早くも姿を消してしまっているのもあれば、六月頃に見かけた同じ品種の花が、いまだに咲いているのを見かけることもある。高山植物の生えている所といったところで、日本の場合はそう驚くほど高くはない。早池峰山といえども、高度は二千メートルにも達していない。だから山頂で咲いている花の中には、山麓で見かけるのも結構混っている。

私はヨーロッパ・アルプスで、高山植物を採集したことはない。しかし、貧しい体験の中でとりわけ印象深かったのは、東チベットを除けば、パミール高原と天山山中でのことだった。高度は早池峰山のちょうど二倍に当る四千メートルを越え、すぐ目の前に七千メートル峰がそびえていた。古い氷河の堆積層の礫原には、満足に植物も見られなかったが、それでも日だまりには、日本では見たことのないような草花ばかりが、花弁を風にゆすっていた。なにより驚いたことは、花弁の小さいものが多く、中にはルーペで覗くほど小さな、米粒ほどの花をつけているものもあった。風に当らないよう、極力丈を低く、石や岩蔭に隠れるように咲いていた。気候条件が厳しいので、早池峰山にも多いコバイケイソウ、ミネカエデ、ハクサンチドリといった、どちらかといえば大柄の植物はただの一株も見当らない。ともかく全てが小型なのだ。ところがこんなに高いところなのに、賢治の好きだったオキナグサに

ウメバチソウ

よく似たものや、矮性の青い花をつけたアヤメが咲いていたのにはびっくりさせられた。水もない所に咲くこんなミニサイズの品種は、日本で見たことも聞いたこともなかった。

私にとっては長い間、心の中で蟠《わだか》まっていたことがあった。しかし、それはいつまでたっても、さっぱり解明の具体的なきっかけが得られないものだった。早池峰山に対する、賢治の接し方であった。彼の詩や童話を見てくると、早池峰山はつねに、賢治の心象中の曼荼羅の中心を占めているように見える。だからこの宗教的な面を強調すればするほど、賢治の別の面が見えにくくなるのでないかということだった。

ちょうど大きな岩壁にぶつかって、適当な登り口を捜していると、仲間のH氏はしきりに写真を撮っている。このときふいに思い出した。賢治はときにはこの山を彼の精神的な憩いの場所として、なにかよい言葉が見つからないが、遊歩場《プレイ・グラウンド》と考えていたこともあったのではないか。英気を養ったり、雑念を振り払おうとするとき、この山を訪れることによって、心の慰藉が見つかったのではなかったろうか、ということだった。そのときには精神は高揚し、詩には明るさがあったのではなかったかと。そして、心のゆとりから高山植物への思いも述べられてくるのである。

賢治がある一刻、花壇設計に情熱を注いだのは、一体何だったのだろう。美しいものへの愛情だったのだろうか、それとも一種の精神的な逃避だったのか、これは私には分らない。町に住んでいれば、自分の生活空間は自ずと制限されてくる。その中で本格的に花を愛するとなると、花壇工作しかない。いまいうガーデニングである。しかし、これはまったく人工的な表現方法でしかなく、まるっきり自由な表現方法とはいい難い。その束縛の羈絆から逃れ出るには、なんとしても大自然しかなかった。

そして賢治のすぐ近くに、その壮大な実験場所があったのだ。

幸い沢山ある岩手県の山の中でも、早池峰山は高山植物の宝庫だった。彼は早池峰を訪れるたびに岩をよじ登り、可憐な草花に心の安らぎを発見したはずであり、自分のたどった一部分一部分を、一つの花壇と思ったことがきっとあったにちがいない。それはまさしくロックガーデンの構想であるが、ただ彼の作品の中に、その構想をはっきり、直接的に表現したものはなく、ごく間接的なものしかない。短い詩「早池峰山巓」はあと一押しで、ロックガーデンの着想にまで行き着けるものであったろうが、彼の早い死が全てを奪い去ってしまった。

ロックガーデンとは、文字通り訳すと岩石公園であるが、日本では一般に築山といった呼び方がされている。これはたしかに日本でも古くからある発想法の一つだった。しかし、これは純粋のロックガーデンとは違うであろう。いまは取り壊されてなくなってしまったが、花巻温泉の山の中腹に作られた花壇は、広い意味ではロックガーデンだったかもしれない。それは人工的ではあったが、自然を巧みに取り込んであったのだから。

イワカガミ

早池峰山はロックガーデンの宝庫

日本庭園でよく見かける築山は、どこそこの名石、岩石を持って来たり、人工井戸を掘って水を流したり、その間に木を植えたりする。だから庭の中には東北の石があったかと思うと、飛弾の岩石があるといった具合で、寄せ集めで作られる。植物も例外でなく、各地の様々な樹木や草花を植える。たしかにこれも立派な庭園といえよう。しかしここでふれるロックガーデンとは、築山の工法とは違って、出来る限り人工的な細工を排除する方法である。

生涯を北ビルマと東チベット、ヒマラヤ地方の植物採集に捧げた英国の植物学者キングドン－ウォードという人は、ロックガーデンについて彼なりの一つの見識を持っていた。それは人跡未踏の山岳地帯に分け入ったとき、しばしば大自然の中ですばらしいロックガーデンを発見したことだった。それはまったく人の手が加わっていない自然そのものに、いくらか手を加えて、一つの公園を作り上げることだった*。

これは旅行や探検中の余暇を使って、手ごろな素材を利用したり、配置替えしたりして作り上げるのである。目障りな樹木を切ったり、その代わり風倒木を置いたりする。またあるがままの岩山が引き立つように、高山植物の色彩の組み合わせに気を配り、小さな流れがあればそれを適当に変えてみる。荒々しい自然を、いま少し人間の心に合わせるようにするのだ。

天然の岩山は、人の手でそう簡単に処理できないので、なんといっても重要なことはそこに生えている植物の配置ということになる。なんでもかんでも植物ならよいということにはならない。植物の選択が、ロックガーデンの一番の基本条件となってくる。早池峰山を登っていて気が付くことは、歩いていくコースの一場面、一場面がロックガーデンであることであろう。岩と岩の間、岩蔭、その辺りに咲いている高山植物が、実に見事にマッチしている場合が多い。同じ色彩の花の群落の中に、一輪異ったものが含まれていることもある。そこにはまた花壇設計のヒントが無尽蔵にころがっている。そういった数ブロックを取り込んで、一つの立派なロックガーデンが出来上る。ただし、早池峰山は国立公園として保護されているから、岩石を動かしたり、植物にふれることは許されていない。

そこでいま出来ることは、早池峰山の自然の配置から、ロックガーデンのヒントを得ることである。自然は天才なのだ。人智の及ばぬものがある。キングドン－ウォードによると、ロックガーデンを作る上では、そこに配置する植物の選び方に、三つあるという。

㈠　高山植物

㈡　岩石植物

㈢　その他

高山植物は全てが岩石植物とは限らず、岩石植物は高山植物ではない。だから人工的に植物を植えるとき、うっかりこれを混乱しないことだという。いま一つは植物がその場所に合っていること、とくに丈の高い植物は向いていないし、いくらすばらしい植物であったとしても、元々ロックガーデンに向いていない品種があるのだという。

　ロックガーデンにとって最もふさわしいのは、植物がそれによって魅力を添えること、そして野生種の草花であることが必要である。とかく失敗しがちなのは、いかに綺麗な花であり、野生種であっても、ヒマラヤ産の花の隣りにアンデス産の花を植えるということは、絶対に避けるべきだという。これはいかに同じ種や属であろうと、ハヤチネウスユキソウとヨーロッパ・アルプス産のエーデルワイスを、同じロックガーデンに植えるなど暴挙に等しいことになる。

　人がいかに工夫をこらし、自然に似せて作ろうとしても、自然の山地や渓谷にはかなわない。ヒマラヤや東チベットの高山地帯に入ると、雪や氷河の運んだモレーンの間に、高山植物が生えている。時にこういった光景は、キングドン‐ウォードの言葉を借りれば、まさしく「空中にかかった庭園」といった表現がぴったりであり、梯子をかけてよじ登る空中庭園でもある。「山の晨明に関する童話風の構想」の中で、「風が吹くと　風が吹くと／傾斜になったいちめんの釣鐘草《ブリューベル》の花に／かゞやかにかゞやかに／またうつくしく露がきらめき」といったり、また「ぼくはじっさい悪魔のやうに／きれいなものなら岩でもなんでもたべるのだ／おまけにいまあすこの岩の格子から」といった辺りには、

早池峰山より中岳への道

早池峰山の空中庭園のような風景までも、浮び上ってくる。

ロックガーデンは、自然を巧みに取り入れて構成することであるが、植物だけはある程度、造園家の主観にまかされているらしい。しかし、樹木は加えないことだと、これはキングドン・ウォードの説である。なら草ならなんでもよいかというと、すでにふれたような背の高いものはだめで、はい登る植物《クラインビング・プラント》も適当でない。しかし、地面や岩面一杯に生い広がる植物《クリーピング・プラント》はよいのだという。なぜはい登る植物（一般にクリーパーといっている）が不適当なのかは、キングドン・ウォードにもその理由はよく分らないという。ようするにバランス感覚になるらしい。

賢治が早池峰山を詠んだ詩の中に、全体を会話体で構成した珍らしい「花鳥図譜・八月・早池峰山」というのがある。この詩のテーマはまた別にあったらしいが、どうやら早池峰山に登っていたときに出会った、高山植物の盗掘者とのやりとりが、前半の内容になっている。ストーリーがかなりリアルに描かれているので、賢治のまったくのフィクションだったのかどうか、にわかに判断がつきにくい作品である。そっくりそのままでないにしても、これと似たようなことはあったのであろう。

（根こそぎ抜いて行くやうな人に限って
それを育てはしないのです
ほんとの高山植物家なら
時計皿とかペトリシャーレをもって来て
眼を細くして種子だけ採って行くもんです）
（魅惑は花にありますからな）
（魅惑は花にありますだって
こいつはずゐ分愕いた
そんならひとつ
袋をしょってデパートへ行って
いろいろ魅惑のあるものを
片っぱしから採集して
それで通れば結構だ）

重く垂れた雲（早池峰山）

どうやら高山植物の中でも貴重種ばかりを狙って、根こそぎ盗掘している男を見咎めて注意すると、相手は、ここは山中だし、綺麗な花をとってどこが悪いのかと逆に開き直ったものらしい。そこで売り言葉に買い言葉、花も採集道具も没収し、罰金を科してやるぞと言いかえす。賢治も珍しく感情的になったやりとりの場面が、比較的長く展開していく。すでにこの頃から早池峰山の高山植物は、盗掘者から狙われていたのであろう。勿論、この花を鉢植えなどにして売るつもりだったのだろう。

賢治がここで言っている通り、本当の植物採集者《プラント・ハンター》というのは、花の咲いている季節に花の色彩や形をしっかり見きわめておいてから、次には秋の結実期にいま一度訪れて、この種子を採集する。これがなかなかむずかしく、早くても遅すぎてもまずい。採集した種子はよく乾燥してから持ち帰って、これを今度は発芽させるのである。中には発芽しないのも少なくないという。とくに外国産の場合、気候や環境が異るので、素人には無理な場合が多い。

この詩の中では、別にはっきりと早池峰山をロックガーデンとして見るという構想が語られている訳ではないが、ここに生育する高山植物の大切さを十分認識し、その保護を訴えている。花を大切にするという構想は、ロックガーデンに通じるということだ。そして北上山地のうち早池峰山に、貴重な植物が地質時代の第三紀以来、現在の第四紀まで生きのびている理由を、こんな風に説明している。**

（……
何でも三紀のはじめ頃
北上山地が一つの島に残されて
それも殆んど海面近く、
開析されてしまったとき
この山などがその削剝の残丘だと
なんぶとらのをとか・・・・とか
いろいろ特種な植物が
この山にだけ生えてるのは
そのためだらうといふんだな）

そして、その貴重種の一つが〈なんぶとらのお〉だとも言及している。「……」とある部分は、賢治がわざと除いたのか、あるいは咄嗟に思い浮ばなかったためなのか、多分、ナンブトウウチソウとかナンブイヌナズナ、またハヤチネウスユキソウ、ミヤマアケボノソウなどが入ってもよかったろう。

恐らく賢治にとって、いくら希望してはいても、健康を害していては、そうちょくちょくこの山に登りに来ることはできなかったろう。そのため心の洗濯としての遊歩場《プレイ・グラウンド》になるまでには、至らなかったにちがいない。そしてまた時代も、それを許すまでになっていなかった。あと一押しでロックガーデンの構想に到達したはずなのに、賢治の心の中で発芽しかかったままで、残念ながら結局は止ってしまったと思うしかなさそうである。

＊キングドン・ウォードは、東チベットで見つけた〈青いケシ〉の花の紹介で名高い。『植物巡礼』塚谷裕一訳、岩波文庫。『ツアンポー峡谷の謎』拙訳、岩波文庫、参照。
＊＊北上山地の準平野については、本書の最終章「北上山地からのメッセージ」参照。

白昼夢——花と恋

——「若き耕地課技手の Iris に対するレシタティヴ」

種山ヶ原は、いまでこそ賢治の作品を通して大変有名になったが——勿論、この近在の人たちは古くからよく知っていた——、それ以前は、観光地などではなかったから、一般の人たちが訪れることはまずあり得ず、この土地が一体どんなところか知る人も、まず稀であった。ここを一番分り易く解説してくれたのは、私の知る限り、実は賢治の作品であった。馬の放牧場として紹介されている点だけはすでに古くなったが、あとはみないまも十分通用する。その童話「種山ヶ原」の冒頭部分は、こんな風に書き始められている。

種山ヶ原といふのは北上山地のまん中の高原で、青黒いつるつるの蛇紋岩や、硬い橄欖《かんらん》岩からできてゐます。

高原のへりから、四方に出たいくつかの谷の底には、ほんの五六軒づつの部落があります。

春になると、北上の河谷のあちこちから、沢山の馬が連れて来られて、此の部落の人たちに預けられます。そして、上の野原に放されます。それも八月の末には、みんなめいめいの持主に戻ってしまふのです。なぜなら、九月には、もう原の草が枯れはじめ水霜が下りるのです。

こう説明してから、さらにこの高原の気象のめまぐるしい変化や、そこまで行く道の不便さにふれている。そして、「雷神の碑」を見かけるようになると言っている。こうした石碑は現在でもあちこちに遺っており、他の場所では見られない珍しいものである。私も種山ヶ原で雷にぶつかり、あわてて逃げ回ったことがあった。賢治の説明をいま一度、聞いてみよう。

放牧される四月の間も、半分ぐらゐまでは原は霧や雲に鎖されます。実はこの高原の続きこそは、東の海の側からと、西の方からとの風や湿気のお定まりのぶっつかり場所でしたから、雲や雨や雷や霧は、いつでももうすぐ起って来るのでした。それですから、北上川の岸からこの高原の方へ行く旅人は、高原に近づくに従って、だんだんあちこちに雷神の碑を見るやうになります。その旅人と云っても、馬を扱ふ人の外は、薬屋か林務官、化石を探す学生、測量師など、ほんの僅かなものでした。

種山ヶ原の魅力は、一言でいえば高原風の爽やかさ、静寂さであろう。ここまではるばる来る不便さを考えれば、山に登る喜びは大きい。人のざわめきは感じられず、澄んだ空気、それに周囲からの圧迫感がまるで感じられないのだ。小岩井は人の姿も見せぬ牧草地の中でも、森や林の中でも、どこへ行こうと人の臭いがつきまとう。周囲にそびえる山々が、四季を通して美しくはあっても、ときに倦怠感を感じさせるのは、それだけ俗化してしまったのだろう。しかし、種山ヶ原にはまだそれがない。同じ小岩井と種山ヶ原とではずっと違う。この高原に立つと、生活の重圧から一刻解放される気分になるのだ。だから賢治が家業に就いて、花巻の暗い家で仕事をしなくてはならなくなったとき、たまに種山ヶ原に出たときの気分は、格別だったことだろう。

種山ヶ原は高原風といっても、まったく平坦ではなく、歩いてみればすぐ分る通り、大変起伏に富んでいる。準平原という印象はまるで薄く、近いと思ったところも予想外に遠く、広い。すぐ目の前の尾根へ出るにも、実は越せぬ深い谷になっている場合が多い。

ここでこの前の続きにふれねばならない。

さて賢治は、測量板やポールを持ったり、立てたりしながら、段々と種山ヶ原の斜面を移動していったらしい。しかし、どうも一緒に仕事をしているはずの仲間のことが、さっぱり詩の中に現われてこない。一人で測量するのは不可能だったろうから、だれか連れがいたはずであるが、定稿の方ではさすが仲間の存在を認めているものの、下書稿にはまるで出てこない。定稿でも、どんな人たちだったか、具体的な人柄がさっぱり浮んでこない。妙なことである。

賢治は一緒に仕事をしながら、このとき相手のことは念頭になくなり、もっぱら自分の殻に閉じ籠ってしまったらしい。朝っぱらから白昼夢でもないだろうが、美しい風景や、すがすがしい朝の風に吹かれているうち、いつの間にか空想の世界に遊んでいたらしい。どうもこのときの彼の精神状態は、いくらか性的欲求状態にあったのではないかという気もするのであるが、それはあくまで私の勝手な推測であって確信がある訳ではない。ただ下書稿の「種山ヶ原　パート㈡」は、現在、定稿として詩集に載ったものと、まったく違っているということである。そこでまず下書稿にふれたい。

わたくしはこのうつくしい山上の野原を通りながら
日光のなかに濃艶な紫いろに燃えてゐる
かきつばたの花をなんぼんとなく折ってきた
じつにわたくしはひそまる土耳古《（トルコ）》の天の下の
ひとり貪婪なカリフであろう

このあとの文字が若干判読不能なのが残念であるが、賢治は測量の仕事の合間に、かきつばた（アイリス）の花を幾本か手折っていたらしい。美しい花に魅せられて折ったのか、それとも測量の邪魔になるので折ったのか分りかねるが、トルコ玉のような青く澄みわたった空の下で、あたかも回教国の教主《カリフ》にでもなったかのような気持だったともらしている。なぜ貪婪な教主《カリフ》かといえば、沢山の「華麗な花（アイリス）を奪いあつめて来たのだから」、こういっても間違いないであろう、というのである。貪婪の〝婪〟とは、「女の淫欲を貪ること」という位の、分ったようで分らぬ意味合の文字であるらしいが、この「華麗な花」というのが、本来の花という意味の他に、ハーレムに奴隷として美しい解語の花（乙女）をかき集めてきたという言外の意味もこめられたような気がしてならない。

たかが野生の花を沢山採ったからといって、教主《カリフ》になったなどと正気で思ったとは信じられない。『春と修羅』にもアラビアン・ナイトの影響が見えたように、賢治はここでもなにやら空想していたことがあったのであろう。『千一夜物語《アラビアン・ナイト》』は、実は好色本なのである。このことについてはすでに先年出版した『宮沢賢治と西域幻想』の中でも、ふれた通りである。しかし、真面目な賢治は、決してそんな猥らなことは言わない。黒褐色した腐植土の量とか、表土の深さを記録して、それで「勝利に酔った」ひとりの教主《カリフ》だなどと、するりと説明を外している。

やがて調査は一段落ついたものらしく、彼は次の行動に移っていく。これも下書稿にあるものだ。

いまわたくしは胸にあまる花をいだいて
このせい低いはんの木立のなかに来た
ここはつめたい亜鉛の陰影と
くちなしいろの若い羊歯の氈
苔《ママ》もゆたかにしめってゐるし
恐らく辨の燃えるまでは
花の品位は保たれやう

測量中にあちこちから折り取ったアイリスを、あたかも麗わしい乙女をひしと胸にかき抱くかのようにして、背の低い灌木の茂みの中に入ったようだ。いくら高原地帯といっても、高度はせいぜい七、八百メートル、七月下旬の種山ヶ原は太陽に照りつけられて、暑かったようだ。しっとりと苔と若いシダの緑の毛氈が木蔭に敷かれ、冷やりとした心地よさであったろう。心を燃え立たせるような乙女の生命は、そう簡単にしおれるようなことはない。

どうやら朝からの仕事は、賢治にはきつかったらしい。あるいは前夜はよく眠れなかったのかもしれない。欲求不満を解消しにここに来て、逆に一層つのったのかもしれない。冷たい地面に腰を下ろすと、王者になったような気分を味わったらしい。彼は胸の花を手にとり、つくづくと眺める。次の一節はいささか難渋ながら、言っていることが分らない訳ではない。

……かくこうがいきなり上を叫んで通る……
いまわたくしはこれらの青い蝋や絹からつくられた
靭ふ花軸をいちいちにとり
あの噴泉を中心にして　やがてはこゝに
数箇の円い放射部落を形成して
そのうつくしい双の花蓋を
きららかな南の風にそよがせるなら
……かくこうよ何を恐れてさうけたたましく啼き過ぎるのか……

この中の「靭ふ花軸」とは、なんと読ませるつもりなのか。靭《じん》とは、〈しなやかな〉〈やわらかな〉

といったぐらいの意味。賢治は摘んだばかりの新鮮なアイリスの花の、柔らかな花軸を手でふれながら、ひたすら空想の世界に没入する。まず空想の噴泉を思い描く。それを中心にして、そこから放射状に道路を作り、アイリスを植え——乙女を住まわせ——、南の風にその花をなびかせるなら（どんなにか気分がよいだろう）……。その辺りまで思い描いていたとき、いきなりかん高いカッコウが鳴きながら頭上を飛んでいったので、せっかくの楽しい空想の世界は目茶苦茶になり、現実の世界に引き戻されてしまった。

はんのきは黒い実をつけ
その実は青いランプをつるし
［草には淡い百合を咲かせる
……蜂は梢を出没し……
向ふではせんの木の（一字不明）が
踊りのやうにゆれてゐて］
せはしく苔《ママ》や草をわたる
朝の熊蜂の群もある

冷たい苔の上に坐って、ぼんやり眺めていると、榛《はん》の木は青黒い実をつけ、あたかも青いランプを吊るしているようだ。向うではせんの木が（あたかもオリエンタル・ダンサーのように）、しなやかに腰をふって、揺れている。せんの木というのは、私にはよく分らない。栴《せん》の木というのがある。これは熱帯アジアに生える香木で、よく仏像などが彫刻される。しかし、まさか種山ヶ原に自生しているはずがない。まあそんなことはどうでもよい。賢治は遠いアラビアン・ナイトの世界に遊んでいるのであろう。しかし、はっとわれにかえる。そして、罪深い自分を悔いる。なぜか。それは他人に言えぬ空想にふけっていたからであろう。そんなことはまさか口に出しては言えない。

あゝわたくしはいつか小さな童話の城を築いてゐた
何たる貪婪なカリフでわたくしはあらう
……寂かな黄金のその蕋《ずい》と
　聖らかな異教徒たちの安息日……
わたくしはこの数片の罪を記録して
風や青ぞらに懴《マ》悔《マ》しなければならない

賢治は、このつかの間の真夏の白昼夢を、心象スケッチとして記録したが、同時にそれを悔い、一切を切り捨ててしまった。ただ幸いにも破り捨てることはしなかった。下書稿はそのまま埋れ、別のこれから発展した詩（定稿）が生まれた。「若き耕地課技手のIrisに対するレシタティブ」である。

元は同根などと言ったところで、種山ヶ原を詠んだオリジナルの詩と定稿とがこれほど違ってくるのは、一体どうしてなのだろうか。これでも心象スケッチといえるのだろうか。それにはまず最終稿ともいうべき定稿を見てみる必要がある。これはたった三十一行の短いものであるが、三つに分けられるようだ。

測量班の人たちから
ふたゝびひとりぼくははなれて
このうつくしい Wind Gap
緑の高地を帰りながら
あちこち濃艶な紫の群落
日に匂ふかきつばたの花彙を
何十となく訪ねて来た

これから前に引用した詩パート㈡のストーリイを、明確にたどることができるのだが、実際には、こちらをパート㈢の方に移してしまっている。「種山ヶ原」の詩の構成は大変複雑で、入り乱れている。この下書稿㈠はパート㈠から㈣まであるが、このうち一は抹消されてパート㈡、㈢、㈣になる。これらがみな各々、独立して一つの詩になっていく。

ともかく賢治は、測量班の人たちから一人離れて帰りかかった（?）らしいが、そのとき濃艶に咲くアイリスの群落を、何十となく見て歩いたといっている。ただ見たといっているだけで、下書稿にあるように、折り取ってきたなどとは金輪際いわない。ましてアイリスの花を抱きしめ、木蔭に入って一刻の休息をとったなどと、後世、人からいささか疑惑の目を差し向けられるような行動は、一切カットなのだ。

賢治はするりとこのきわどい部分を通り抜け、次の場面に移ってしまう。

尖ったトランシットだの
だんだらのポールをもって
古期北上と紀元を競ひ
白堊紀からの日を貯へる
準平原の一部から
路線や圃地を截りとったり
岩を析いたりしたあげく
二枚の地図をこしらえあげる
これは張りわたす青天の下に
まがふ方ない原罪である

ここでは、賢治と一緒に測量の仕事をしていた人たちのことが、

アイリス

わずかに語られている。この測量中に、地質時代の中生代白亜紀に属する、準平原の地面や岩を截りとったり、砕いたりしたことに、むしろ罪の意識を感じているようだ。最初の方の引用文に出てくる、地質用語の Wind Gap については、いずれ後で改めてふれることにしよう。

この後に続く十四行ばかりは、アイリスの美しい群落も間もなく犁で鋤かれ、埋められ、黒土に変わってしまうことにふれる。そして、そこからモロコシやオートが生み出されるのだと諦観する。

あしたはふるふモートルと
にぶくかゞやく巨きな犁が
これらのまこと丈高く
靱ふ花軸の幾百や
青い蝋とも絹とも見える
この一一の花蓋と蕋を
反転される黒土の
無数の条に埋めてしまふ
それはさびしい腐植にかはり
やがては粗剛なもろこしや
オートの穂をもつくるだらうが
じつにぼくはこの洌《きよ》らかな南の風といっしょに

あらゆるやるせない撫や触や
はてない愛惜を花群に投げる

いくら農業に役立たずとはいえ、花が踏みつぶされていくのは見るに忍びない。この花たちは、いまのいままで自分が愛したいとしの人ではなかったか。しかし、みな斬りきざまれ、畑に埋められていくのだ。この厳しい現実を目のあたりにして、賢治も甘い感傷に浸ってばかりはいられない。弱々しいセンチメンタルな感情をかなぐり捨て、はてない愛情をこの花の群に投げかける。詩人に激しい心の葛藤があったことを、ここで図らずも告げている。

賢治がのちに初めの詩稿を整理して、このように定稿としたのはよく分ったが、これにはまだ別の下書稿があったようである。だから彼には余程いろいろな思念が、この測量の一刻に起っては消えていったものらしい。その下書稿にはこうある。

……
二列のひくい硅板岩に囲まれて
たゞ青ぞらにのぞむ
このうつくしい草はらは
高く粗剛なもろこしや

水いろをしたオートを載せ
向ふのはんの林のか〔げ〕や
くちなしいろの羊歯の氈には
質素な移住の小屋が建つだらう
とは云へそのときこれらの花は
無心にうたふ唇や
円かに赤い頬もなれば
頭を明るい巾につゝみ
黒いすもゝの実をちぎる
やさしい腕にもかはるであらう
むしろわたくしはそのまだ来ぬ人の名を
このきらゝかな南の風に
いくたびイリスと呼びながら
むらがる青い花紅のなかに
ふたゝび地図を調へて
測量班の赤い旗が
原の向ふにあらはれるのを
ひとりたのしく待ってゐやう

と、きわめて感傷的で、美しい空想の情景描写をしている。アイリスの花は無惨に土の中に埋められてしまうが、その土地はやがて果樹園にでも生まれ替わることだろう。そして、そこに植えられた李《すもも》の木から、黒い実をもぐ若い娘の腕にでも変わるだろうと、そんな様子を思い描いている。ただ娘の姿をあれこれと想像しているのには、読む方が顔を赤らめるくらいだが、さらに「そのまだ来ぬ人の名を」、イリスと呼ぶというあたりに至って、空想上の女性にすっかり恋してしまっているらしい。しかしあとになって考えたらばからしくなったのか、この条りは全てカットされてしまう。

このように賢治の夢はますますふくらんでいったようだが、所詮バブルはやがて破れる運命にある。それに下書稿が次々と現われるに及んで、賢治も加わった測量は、実は地質調査などという学術的なものでなく、あくまで耕地を造成するためのものだったらしい。それと賢治にどんな関係があったのか、まったくふれられていない。土地を借りたり、もらったりした様子もないから、ただ手伝ってあげたのかもしれない。

しかし、文意から察すると、どうやら湿

スミレ

地だったらしいから、ここは高原の上の方ではなく、かなり低い所だったのではないかと思える。だがその精確な位置を知ることは、この遺された詩稿からは無理だ。

しかし、賢治がこの仕事を中途で放り出して、種山ヶ原を下ってしまうということはなかったらしい。仕事からちょっと離れて、高原の一番高い辺りまで、ぶらぶらと散策に及んだものらしい。そこでわれわれも諦めずに、いま少し彼の消えた足跡を追ってみることにしよう。

ここでふれた詩のタイトルは「若き耕地課技手の Iris に対するレシタティヴ」となっている。このレシタティヴ（recitative）とは音楽でいう叙唱のことで、失われゆくアイリスへの哀歌だったのかもしれない。それならこの詩にぴったりだったろう。これで、この詩のお話はおしまいである。

しかし、これを一つの言葉遊びとして取り上げたらどうなるか。賢治がそこまで考えていたとはあまり思えないのだが、一つの可能性としてふれておきたい。賢治は童話集『注文の多い料理店』のチラシ広告の中で、『鏡の国のアリス』にふれている。ルイス・キャロルのアリスの本は、英語の言葉遊びの本であって、日本語に訳すのは事実上不可能なのである。それは単語の綴りの類似で話をつづけるのであって、賢治がアリスを知っていたのなら、彼の童話か詩の中で、これをなにか試みたのではないかとも思えるのである。しかし、これがなかなか見つからない。

そこでいまこのレシタティヴ recitative を resistive と置き替えてみたとする。発音も綴りもよく似ている。するとレジスティヴは「抵抗する、反抗する」の意味のことで、いまを盛りと咲き誇るアイリスの花が埋め立てられていくのを、なんとか助けてあげたいという技手（詩人）の密かな反抗の気持が伝わってくる。

いくら私でも本気で賢治がこう考えていたとは思っていないが、このレジスティヴを地質学的に考えると、また話が別に展開してくるのだ。これは「風化、侵蝕性に対して抵抗性のある堅い岩、すなわちチャート・グレワッケ（硬砂岩）」の意にとれるのである。この堅い岩は、残丘の成因として考えられてきたものであり、種山ヶ原にそのよい標本が残っていたのであった。賢治がレシタティヴをどう解釈していたかはここでは脇に置いて、この詩は、はるかにデリケートな問題を含んでいるということだ。稿を改め、種山ヶ原の地質学的な成因にふれていかねば話がまとまらない。

（注）この章における賢治とアラビアン・ナイトとの関わりについては、『宮沢賢治と西城幻想』（白水社、一九八八年。増補版・中公文庫、一九九四年）の中で、すでにふれた。実は本章の方が先に書かれていたのであったが、なかなか出版されなかったので、これを一部流用したのである。しかし、そんなに内容は重複していないはずである。

種山ヶ原への道

――「種山ヶ原」

賢治との旅を始めてから、種山ヶ原にはこれまでまだ数度しか訪れたことはない。だから春と初夏と夏の終りと、秋の三つの季節しか知らない。

春まだ浅いころ、種山ヶ原を訪れたときには、このただっ広い高原に人の影はまるでなく、山の斜面を削って作った牧場には、柔らかな若草が魔法のカーペットを敷いていた。まるで空飛ぶ絨毯を干しているようだった。しかし、物見山のある頂上付近には、いまだあちこち春の残雪があり、そこだけなにやらぽっかりと、色を塗り残した水彩画のように、白い空白となっていた。

いま一度は八月下旬のことで、夏休みも終る時期だったから、これまた夏のキャンプ場には人っ子一人いなかった。青く澄んだ、ぎらぎらした陽光と、白く巨きなニンフのような夏雲が、垂れた乳房のように山の上にかかっていた。

また別の夏の日は、生憎とこの時は山麓から霧が立ちこめ、まさに混迷の世界。樹林の中に続く山径は鉛色にくすんでいた。しかも途中からは激しい雨となり、山頂付近に着いたときには雨と霧の幕

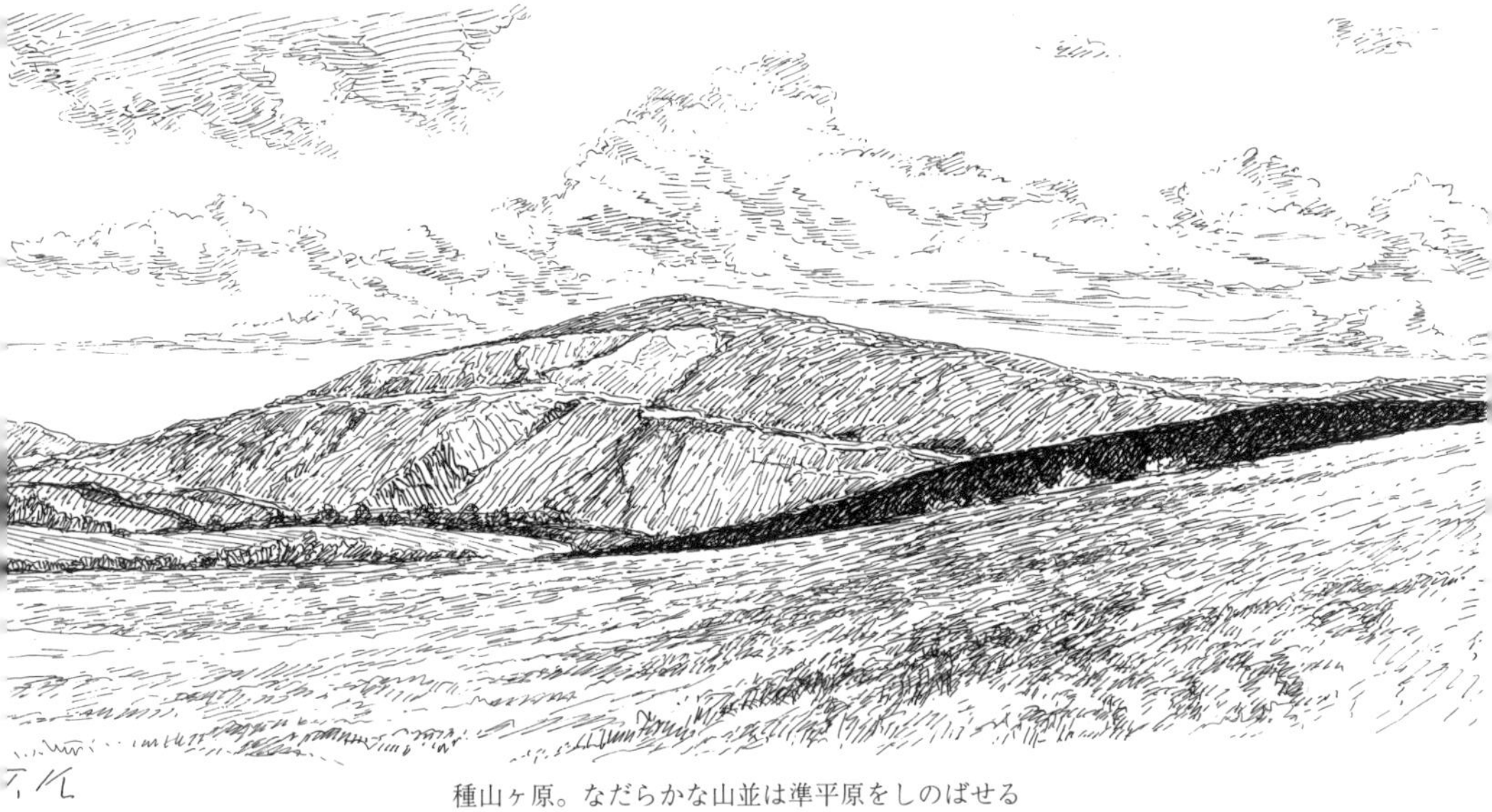

種山ヶ原。なだらかな山並は準平原をしのばせる

で一寸先が見えなかった。ときどき雨足がぴたりと熄んで、霧がすーっと風に流れると、その切れ目から物見山の岩山が黒いシルエットを浮び上らせた。それはたしかに幻想的な光景であり、賢治のイーハトーヴの世界の中の、美しい一コマだったといえよう。しかし、旅をしているものにとって、雨ほど無慈悲なものはない。

賢治も、こんな日にぶつかったときがあったのだろう、「風の又三郎」の情景描写にこの霧の世界が描かれていたから。高原は平地と違って、肌にふれる風にもまた微妙な変化があり、第一平地とは感触がちがう。

つかの間、雨は小降りになったようだったが、また激しく降り始めた。沛然たる雨というより、むしろ **dog and cat** といってしまった方がまさにぴったりで、ドラム缶を敲くほど騒々しい。音ばかりではない。山頂から少し下った灌木の中の山径は、にわか作りの小川となって、急流のように泥水を流していく。もうほとんど進退谷《きわ》まったようだ。ところがこんな路傍に小さな可憐なウメバチソウが、細かくきざんだ紙片を撒き散らしたように、辺り一面に咲いていた。種山ヶ原は、せいぜい海抜八〇〇メートル足らずの高原にすぎないが、夏は短かく、九月に入ればこんな高山植物もたちまち姿を消してしまう。ここでは花の生命も、季節もまことに短いのだ。

私の知る種山ヶ原は、なんといっても春が一番なつかしい。心地よい緑のそよ風が、そよそよと肌をなで、ゆるく波うつ高原と、そこを深くえぐった峡谷がなによりも美しい。青い草原が広がる点では岩手山麓の小岩井と異るところはないが、数百メートルの高度をもつ種山ヶ原は、高原の風情があって、実に爽やかな感じを与える。賢治がたどった道をいま一度再訪して知ることは、彼は自然の美しい土地を知悉し、発見することに非凡な才を持っていたということだろう。

かつては、種山ヶ原に行って帰るのは数日がかりの旅になり、現在でも車がなくては賢治が旅した頃となんら変わりがない。賢治といえどもこれにはきっと苦労したことであろう。だからそうだったのか、にわかに判断ができないが、種山ヶ原を素材にした作品は、数がそう多くない。五輪峠や人首から彼方の山影を見て、種山ヶ原をしのんだ作品もあるくらいだ。行きたくともそう簡単でなかったからであろう。それでも小岩井農場を舞台にした童話「狼森と笊森、盗森」があるように、種山ヶ原にも一部を舞台に利用した「風の又三郎」や童話と詩の「種山ヶ原」や、戯曲「種山ヶ原の夜」のような佳篇が遺されている。

しかし、種山ヶ原の自然の情景をいまもよく伝えてくれているのは、種山ヶ原の旅と逍遥の折りに生まれた、一連の詩であろう。現在、定稿になった作品では、一つ一つがみな独立しているが、元は一続きの作品であった。ちょうど『春と修羅』の中の長詩「小岩井農場」（パート一〜九）のように、

「種山ヶ原」にもパート㈠〜㈣があったことが知られる。のちに賢治は、なにか気が変わったらしく、パート一からパート四までの各詩をばらばらに分解し、独立の詩に仕立て上げてしまった。しかし、その下書稿が遺っていてくれたおかげで、この初期の原型《オリジナル》がはっきり分るのは、なんといっても幸いだった。詩を鑑賞するのはまた別の問題で、見たまま感じたままを記録した下書稿から、賢治の微妙な心の軌跡をたどれるということは、彼のまた別の世界に踏み込めることを意味する。

堀尾青史氏によると、賢治が種山ヶ原を初めて訪れたのは大正六（一九一七）年の八月、江刺郡の地質調査で種山ヶ原を歩いたときというから、随分、古いことになる。このとき地元の原体剣舞を見たものだという。

みちのくの
種山ヶ原に燃ゆる火の
なかばは雲にとざされにけり

とあり、この調査の折、どのくらいこの山地に踏み入ったのかは、私にもよく分らない。

賢治が本格的に種山ヶ原を旅したのは、これから後のことで、ではどこからこの山地に登ったのかになると、もうはっきりしてこない。

種山ヶ原に行くには、まず鉄道で水沢まで行き、そこからずっと水量を増した北上川を東に渡り、さらに東へ進んで姥石峠に達する。ここから山にとりつき、幾つも尾根や谷を越え、次第にゆるく起伏する高原へと入って行く方法である。恐らく、これが一番ポピュラーなルートだったろう。種山高原に行くには、まだいくらも方法があったろうが、私はこのルート以外にたどったことがない。

次に水沢を基点にするなら、北東方向へ進んで江刺に出、そこから人首経由で盛街道をずっと南に下って姥石峠に行くコースもある。勿論、これは大変な遠回りで、なにかのついで、五輪峠にでも行ったときとも考えられなくもないが、まず無理であろう。

これとは別に、花巻より釜石線に乗り、〈ますざわ〉駅あたりで下車し、南へと下って行く方法もある。これだと種山ヶ原の東側の山間部を抜ける、歩けば気の遠くなるような長い道のりであるが、沿道は大変美しい。いくらすばらしくても、余程に特別の目的、地質調査でもない限り、とても歩く気は起きない。

賢治のたどった種山ヶ原へのルートは一つの謎ではあるが、『春の修羅』所収の「原体剣舞連」にもある通り、彼は江刺方面のずっと南側の最短距離から種山ヶ原に向ったのだろう。種山ヶ原へ行くこのコースは、いずれも一度は通ったことがあるが、歩いたのではなくいつも車でさっと通り過ぎたので、印象はきわめて薄い。そのため沿道の風景はどれも切れ切れで、さっぱり浮び上ってくれない。

新緑の頃、目にしみるような緑の森や、その間に点在するのどかな農家。ゆるい谷川が心地よい音を響かせ、白い水沫を上げていたり、さびれて廃坑になった鉱山の淀んだ水溜りや、往事の繁栄の跡も、どのコマがどれに続くのかさっぱり判断がつかない。快適なドライブになればなるほど、車のスピードに思考が追いつかず、映像として記憶に残ってはくれない。地図の上で現在地をたどるのが精一杯では、とても詩的感興に浸っている余裕などないのだ。毎度残念だと思いながら、私の種山ヶ原への旅の印象は乏しい。

種山ヶ原への旅には、いつもよい仲間にめぐまれていた。種山ヶ原のある場所は、地質学的に北上準平原のモデル地域としてはあまりふさわしいところでなく、深い谷が山を刻み、賢治が詩「種山ヶ原」の下書稿（パート㈠）の中で、ここをコロラド渓谷に比したのも、そのためだったろう。しかし、侵蝕谷ではあっても両者は似ていないので、賢治も諦めて詩から削ったらしい。私の印象でもコロラドと種山は結びつかない。ちょうどドーヴァー海峡の白い崖をヒントに北上川畔をイギリス海岸と呼んだように、もし種山の峡谷をコロラド渓谷とでも命名していたら、いまごろはこう呼ばれていたかもしれない。

種山ヶ原に来る人は、きっと麓のどこかでかつての古い鉱山跡にぶつかる。すでに操業を停止したこんな跡ほど、見る人にすさんだ印象を与えるものはない。和賀仙人の廃坑跡も痛々しいが、種山の山麓は湿っぽいのと人家がないので、一層荒れて侘しい。土地を掘る仕事だけあって、山は無慙に削られ、その跡には碌に草すら生えない。放置された鉄製の櫓や柱が赤茶けて錆びつき、ゴーストタウンという言葉がこれほどぴったりする所も少ない。

賢治がかつて、わざわざこんな僻遠な所まで遠征に来たころには、こうした鉱山は盛んに操業し、それなりに人の往来もあって活気に充ちていたことであろう。「風の又三郎」が、こうした鉱山関係の子供を主人公にしたのも、偶然ではなかったろう。現在から見ると、この童話作品がある一時期、岩手県内の鉱山がいかに賑わっていたかをしのぶ、貴重な材料を提供してくれている。

以前、「風の又三郎」の主人公の父親が勤めていたと設定されている、岩手県内のモリブデン鉱山について、なにか手掛りはないかと資料捜しをしたことがある。そこで鉱物学について詳しい故桜井欽一先生をお訪ねして、詳しくうかがったことがあった。当時、岩手県のこの辺りではおびただしい鉱山が開発されては廃業し、その興亡が激しかったので、いまからでは「風の又三郎」の舞台になった鉱山が、たとえモリブデン鉱山であっても、はっきりどれと認めることはむずかしい、ということだった。

ちょうどこういった鉱山廃坑跡の一つの前例が、種山ヶ原の高原になっているから、この廃坑跡を横目で見ながら、かなり急な山道を登っていかねばならない。道の途中から、いまたどって来たばかりの舗装道路を見ると、鉛色した帯が、ずっと緑の樹の間をぬって延びている。さらに山道を登り、いくつかの谷を越え、尾根をまいて北東方向へ向う。道はうねうねと呆きもせず続いていく。種山ヶ原をただ漫然と高原風の牧場と考えていると、むしろ複雑に浸蝕を受けた地形に驚かされるのだ。

ちょっと平坦になった場所に出たところで、連れの仲間がこんなことを言う。「賢治は、この道をきっと歩いたんだよ」。遥かな道だったことだろう。樹木がすっかり伐採されて明るくなった傾斜地から、今度はこんもり繁った山道に入った。賢治がかつて歩んだ頃は、こんな山林が一帯を蔽い、展望はいまよりよくなかったのではあるまいか。やがてこれも抜け、種山ヶ原の牧場の管理事務所のあるところに着いた。

実際の風景をまのあたりにして、私の頭の中はいささか混乱している。賢治の詩を読んで想像していた光景と、だいぶへだたりがあるようだ。小岩井あたりの牧場と重ね合わせていたのだが、これがまったく違う。第一に風景が雄大で、起伏も大きく、山の急斜面を牧場にしたため、ときに山の急崖に緑の絨毯でも引っかけたような、すばらしい所もある。

草原になった辺りは、一面に草花が咲き乱れ、なんとなくヨーロッパ・アルプスの山の牧場に迷い込んだような錯覚すらおぼえる。周囲に高峻な岩峰がないだけだが、ときに霧がかかったときなど、その背後からアルプス特有の雪をかぶった尖いエーギュが、にゅっとのぞくような気もする。賢治は、多分、最初に種山ヶ原を訪れたころ、早くもそんな印象を受けたものらしい。「原体剣舞連」と題した詩の一節に、

原体村の舞手《おどりこ》たちは
鴇《とき》いろのはるの樹液を
アルペン農の辛酸《しさん》に投げ
生《せい》のしののめの草のいろの火を
高原の風のひかりにさゝげ

と詠んでいる。戦前、農家はどこも馬を飼っていたから、種山ヶ原を夏の放牧場として、馬を連れてきていた。このことは童話「種山ヶ原」の中で、語られている。これにはもう幾度もふれた。しかし、いまは馬は姿を消し、畜牛になってしまった。「アルペン農の辛酸に……」というのは、雪の融けた

後の放牧に、わざわざここに馬を連れて来ることにふれているのであろう。『春と修羅』の「小岩井農場」と、『春と修羅　第二集』や『春と修羅　詩稿補遺』の中にある「種山ヶ原」を詠んだ詩と比較してみると、小岩井をヨーロッパ中部の牧場地、種山ヶ原をヨーロッパ・アルプスの高地牧場と想定して描いている様子が、ほのかに浮び上ってくる。

　われわれは車でさらに上ったり下ったりの二、三十分後、やがて海抜六、七〇〇メートルのゆるい高地に達した。高原の頂上部分の樹木はことごとく伐採してあるので、深く、広くえぐられた谷間越しに、周囲の山々が美しい稜線を描いて続いているのが目に入る。このような広々とした風景、高原特有の爽快な気分は、日本ではめったに体験したことがない。妙なことに、この旅をしていた間、ふと思い出された唯一のものはアルプスでなくフィリピン中部ルソン島で、二千メートル以上の山々の間を旅したときだけだ。しかし、ルソン島の場合でも、人骨やら、蕃人やら、殺人やらと、なにかと物騒なことばかり続きで、こんなのどかな牧歌的な種山とは、風景や雰囲気は似ているものの現実は似てもつかない。種山ヶ原はあまり平和すぎて、頭がおかしくなるくらいだ。

　賢治が種山ヶ原を詠んだ詩は、私の知るかぎり五篇ほどある。なかでも「種山ヶ原」と題した詩は、わずか二十七行という短いもので、賢治を知る手掛の資料としては乏しい。これは未刊に終った『春と修羅　第二集』に入れるはずだったらしい。

まっ青に朝日が融けて
この山上の野原には

濃艶な紫いろの
アイリスの花がいちめん
靴はもう露でぐしゃぐしゃ
図板のけいも青く流れる
ところがどうもわたくしは
みちをちがへてゐるらしい
ここには谷がある筈なのに
こんなうつくしい広っぱが
ぎらぎら光って出てきてゐる

賢治は種山ヶ原に来て、どこかに宿泊したはずである。季節はアイリス（あやめ）の咲く六、七月、この詩の制作日は七月十九日になっている。彼は朝早く起き、高原が朝日で一杯に光あふれるころ、測量図板を地面に立て、なにやら測量を始めたらしい。靴は朝露にぐちゃぐちゃに濡れたらしいから、まだ七時か八時のころだったかもしれない。朝っぱらからの草原の闖入者に驚いて、小鳥が草むらから飛び立った。

小鳥のプロペラアが
三べんもつゞけて立った

さっきの霧のかかった尾根は
たしかに地図のこの尾根だ
溶け残ったパラフヰンの霧が
底によどんでゐた、谷は、
たしかに地図のこの谷なのに
こゝでは尾根が消えてゐる

朝日が辺りにみなぎり出すと、夜の間にでていた朝露はまるで魔法にかかったように、みるみる消えていく。賢治は地図と首っぴきで、霧の消え去った尾根と現在の位置関係の確認に、躍起になっているようだ。「底によどんでゐた、谷」などと言われると、高原地帯に谷があるのか、あってもせいぜい浅い窪地であるかのように思いがちであるが、賢治のいう谷はコロラドの岩石峡谷とはまた違い、広く、大きく、深く侵蝕を受けた谷間のことで、この谷間越しに山々が続いている。だから大きくえぐられた谷底の霧が晴れると、こんな高いところにいたのかと改めてびっくりし、その美しい色彩の移り変りにうっとりするのである。とくに朝の山の色合いは繊細で透明なのだ。

どうやら賢治は、あちこち支谷となった侵蝕地形にすっかり幻惑され、地図の上で谷の確認ができず、尾根も見つからずすっかり困惑しているらしい。当時は五万分の一地形図しかなかったろうし、実測図もいまのように空中写真を利用していないので、細い尾根や谷など等高線が飛んでしまっているのも、珍しくなかった。彼にはこのパズルが解けず、苛々している様子が字面からでも手にとるように伝わってくる。この詩を読んでいくと、彼がどの辺りを測量して歩いていたのか、おおよそながら想像がついたが、さすが、一番景色のよい場所を歩いていたことだけは、確かだったようだ。彼はこのとき、わずかに風にのって漂い流れてくる葡萄の香りや、栗の花の匂いを、鋭い感触で感知したようだ。

わが親愛なるH氏は、しきりにカメラ操作に没頭している。商売の邪魔なんかしないから、どうぞごゆっくりやってくれたまえ。こちらは蒼く澄んだ山の稜線を呆かず眺め、スケッチブックを開いたり、緑の草と樹々のデリケートな変化を無心に見ている。どんなに腕前がよかろうと、フィルムでこの色彩の変化が写せるものかと、肚の中で思っていても、そんなことを口に出せば、相手はたちまち怒るだろうから、ずっと沈黙をきめ込んでいる。

東から南に連なる山の色合いは、巧みな画家の手にしかきっと表現できまい。その中で、光と影が刻々と変化し、空気を通してぴりぴりと震動しているのを感じる。写真を撮って家に帰り、現像して一番がっかりするのは、いつもこうした微妙な感触が跡形なく消えていることだろう。賢治は自然の情景を詩で表現したが、不思議にも種山ヶ原を訪れたあとになって、自然の情景の美しさを思い起させてくれたのは、なにも写真やスケッチからではなく、いつも彼の詠んだ詩からであった。彼の文字の行間から、忘れていた風景がまざまざと、パノラマのように展開してみせてくれたのである。

賢治は、種山ヶ原を訪れた初夏のころの心象風景を、次々とノートに記しておきながら、なぜかそれを連続して一つのものにまとめはしなかった。これらの詩作のうち、パート㈠は「種山ヶ原」となったが、実はこのパート㈠の下書稿の長い詩は、別に整理改作されて「朝日が青く」になった。こちらは五十九行と比較的に長い。しかし、「種山ヶ原」を読んで、次に「朝日が青く」を読んでみたところで、これが初め同一の詩だったとはとても思えない。それどころか説明されなくては、「朝日が青く」が種山ヶ原を読んだ詩だとすら、はじめ私は気が付かなかった。なぜこんなにまで改変してしまったのだろう。

賢治のパート㈠の下書稿は、体験記述が定稿よりずっと具体的で、なによりも生彩に富んでおり、見たまま、感じたままを心象スケッチしたと見て間違いないであろう。ただ抹消部分があるため判読不能のところもあるが、草原に咲く青いアイリスの他に、まっ赤なあざみの花もあったらしく、詩に色彩を与えてくれている。

賢治は下書稿をすっかり書き改めてしまったので、いまでは定稿と下書稿には相当の差違が出てしまっている。どういうつもりだったのか、賢治の心情は推測の限りでない。前の詩から続いて定稿にはこうある。

どこからか葡萄のかほりがながれてくる
あゝ栗の花
向ふの青い草地のはてに
月光いろに盛りあがる
幾百本の年経た栗の梢から
風にとかされきれいなかげらうになって

いくすじもいくすじも
こゝらを東へ通ってゐるのだ

この部分が下書稿では、こう書かれている。

どこからか葡萄のかほりがながれてくる
……
それは土耳古《トルコ》玉の天椀のへり
谷の向ふの草地の上だ
月光いろに盛りあがる

ここに「土耳古玉の天椀のへり」*とあるところから、賢治の立っていたところは高原の一角で、その背後にはずっと青い空が望まれたのであろう。「葡萄のかほり」というのは、多分、山ぶどうの花の香りのことなのであろう。次の「月光いろに盛りあがる」というのは、この後に続くクリの花の表現で、東北には山栗が沢山あった。花自体はさっぱり魅力のないものだが、少し青味を帯びた白い花が、雪のように木に盛り上って咲いている。そしてこの後に「……ぼそぼそ燃えるアイリスの花……」とあって、パート㈠は終っている。「ぼそぼそ燃える」という表現はよく分りかねるが、この花が青でなく、赤紫色をしていたのだろう。

彼は早朝から、なにか忙しく働いていたようだ。空は青く晴れ、好晴の初夏の一日だったらしい。この後、彼はなにをしたのか、これはいま一度、彼の詩をさぐってみるしかない。

＊「天椀のへり」という表現は、十一世紀のペルシアの詩人オマル・ハイヤームの『ルバイヤート』からのヒントではないかという推論は、拙文「『春と修羅　第二集』に見る西域」（『春と修羅　第二集研究』（宮沢賢治学会イーハトーブセンター、一九九八年所収）を参照されたい。

ナデシコ

残丘《モナドノック》のことづけ

――〈行きすぎる雲の影から〉

五月下旬と六月中旬の新緑のころに、種山ヶ原を訪れたときの印象は、いまもまざまざと思い出される。この時期は、新緑の一番美しい季節で、光にかざすと柔らかな緑の木の葉は、まるで透き通るように鮮明だった。どちらの場合にもほとんど人と会うことはなく、山頂付近の日蔭にはいまだわずかな残雪が、食べ残したシャーベットのように地面を覆っていた。しかし、広々としたゆるい高原の牧草は、まるでホータン産の〝グリーン・カーペット〟を広げたようで、不純なものはなにひとつ目に入らず、夢のように美しかった。緑なす若草がどこまでも波うち、その中に黄色の草花―タンポポが、一面に咲き乱れていた。

戦後、種山ヶ原から馬が姿を消してから、もう随分たったことであろう。馬の時代は明らかに去り、あのかつての栄光の座をもう二度と取り戻すことはあるまい。この点から見ても、賢治の時代の種山ヶ原の再現は無理なのである。畜牛や乳牛が馬に代わったものの、これが自由経済下では海外の牧畜国とまともに対抗できるはずもなく、日本の農牧畜業の前途は暗い。といって羊や山羊は日本人の食生活に合わず、これを飼育するモンゴルやトルキスタンやイランでは、山地はついに一木一草も生えなくなる。彼らが全て食い尽してしまうからだ。

種山ヶ原は、山や谷のたたずまいは変らなくても、賢治の訪れたころの情景とは様変わりしてしまったのだ。ただそうした農業政策とは無関係に、種山ヶ原の自然だけは変らずに明るい。朝まだき、遠い山々の稜線は、薄いグリーンからブルーに幾層にも色合いが変化し、その天然のカクテルはいくら見ていても見飽きることがない。

人工的な牧草地では、草花の種類は極端に少ないので、案内役でもあるH氏と、あちこちの路傍やら岩の間、はては灌木の繁みに咲いている花を求めてはさまよった。しかし、賢治が詩にも詠んだアイリスだけはない。あのときまさか種山ヶ原のアイリスを根絶やしにしてしまった訳でもあるまいが、場所がもっと低湿地帯だったのかもしれない。私はアイリスは高地には咲かないとばかり思っていたのだが、海抜四千メートルを越すパミールの山中とチベット高原で、丈の低い、せいぜい十センチ足らずのアイリスが、礫原に咲いているのを見たことがある。

高地に咲く花はだいたいが矮性で、うっかりすると見落してしまうくらい小さく、屑の宝石を地面に撒いたようである。それがまたかえって美しい。日本の高地の花はむしろ大きく、東チベットで見た花の中には、なんと米粒の半分くらいの花を咲かせているのが多かった。だからでもないが、早池峰山の高山植物の群落は、かえって庭の草花のように見えてくるのだ。

よく見ていくと、種山ヶ原には様々な草花が咲いている。柔らかな毛に覆われたおきなぐさも混っている。足の踏み場もないくらい、ウメバチソウが咲いていたこともあった。無精髯を生やした二人の大の男が、せっせと花摘みしているのは、なんとも珍風景であろう。とはいえときには賢治ならずとも、どこかの木蔭でしばらく休息したくなるのが人情である。

ときどき地面から目を離して、ずっと草原の彼方を見渡すと、緑一色の草原と、青い空との間がなんとなくもやもやしている。今は雲がでて陽射しが強くないためか、陽炎《かげろう》もごくわずかで、天末線がわずかにゆれているだけだ。

賢治は、「種山ヶ原　パート㈢」から派生した［行きすぎる雲の影から］を、こう詠み始めている。

行きすぎる雲の影から、
赤い小さな蟻のやうに
馬がきらきらひかって出る
みんないっしょにあつまってゐる
かげらふのためにはげしくゆれる

彼はじっと、馬の様子を眺めていたらしい。

うしろは姥石高日まで
いまさわやかな夏草だ
それが茶いろの防火線と

緑のどてでへりどられ
十幾つかにわけられる
つるつる光る南のそらから
風の脚や雲の影は
何べんも何べんも涵って来て、
群はそのたびくらくなる

馬の群れのいる背後の姥石高日あたりまでは、すっかり夏草に覆われている。こう言っているところからすると、賢治は種山ヶ原の高原から、南の方を展望していたのであろう。そこには馬がゆったりと草を食んでいた。

このとき賢治には、どうやら仲間がいたらしい。草が年々減っていく理由は、木立が減少し、土壌が乾いてしまうからだと言っている。しかし、このままだと土壌は酸性化して地力がだめになってしまうだろう。そこで、

どこか軽鉄沿線で
石灰岩を切り出して
粉にして撒けばいゝと云へば
それはほんとにいゝことか

準平原の忘れ形見・残丘《モナドノック》（種山ヶ原）

畑や田にもい、のかと
さう高清が早速きく

賢治の説明を聞いていた相手は、それならひとつ県庁へでも行って相談し、株式会社でも設立しようかなどという、大きな話になっていったらしい。しかし、賢治は冷静だ。株をあちこち募集してみたところで、十年もたてば倒産してしまうだろうと言っている。賢治はこんな誇大妄想から離れて、また遠くを見たようだ。

馬はやっぱりうごかない
人もやっぱりうごかない
かげらふの方はいよいよ強く
雲影もまたたくさん走る

と、自然描写をして、この詩を締めくくっている。人の心の中を一瞬のうちに通りすぎる欲望を、自然と対比して述べたかったのかもしれない。
「行きすぎる雲の影から」は、題名のない作品で、種山ヶ原を詠んだ詩はみなそうなってしまった。詩としてはよくまとまったのだろうが、種山ヶ原の自然のスケッチとしては、どうしても印象が薄い。姥石《うばいし》という地名がなかったら、種山ヶ原ということすら推測できなかったろう。ただ彼も最初からこう詠んだのではなかった。初期形の下書稿が残っていてくれたおかげで、彼が初めどう感じていたかが分るのである。それは定稿とはまったく違うものだった。パート㈢はこう詠み始められる。

この高原の残丘《モナドノックス》
こここそその種山の尖端だ
炭酸や雨あらゆる試薬に溶け残り
苔《ママ》から白く装はれた
アルペン農の夏のウヰーゼのいちばん終りの露岩である
わたくしはこの巨大な地殻の冷え堅まった動脈に
槌を加へて検べやう
おゝ角閃石斜長石　暗い石基と斑晶と
まさしく閃緑玢岩である

賢治は一人で、種山ヶ原の高原を登りつめ、とうとう一番高い地点（物見山、八七〇メートル）へ到達したらしい。われわれも彼の旅から何十年かぶりに、なんの目的もなくぶらぶらとゆるい斜面を登り、最後の岩山にたどり着いた。この岩山だけが、ぽつんと野晒しのまま立っている。高さはせいぜい二、三階のビルディングぐらい。われわれは軽口をたたき合ってこの岩山に登ったが、賢治にはこのときしっかりした目的があったのだった。この岩山は、実は残　丘《モナドノックス》というのだが、堅い岩肌にハンマーを振り、岩片を採取することが目的だったのである。

ところがこちとらはまことに無責任、この残丘にのこのことやって来ただけは人並みに立派だが、出かけしなに賢治の実家に立ち寄って、厚かましくも手造りの弁当とお茶までもらいうけ、これをこの坐り心地のとてもよいとはいえぬ岩の上に広げ、風景などはそっちのけ、ぱくぱく食べ始めたのだ。賢治がこれを見たらなんと言ったろうななどと減らず口をたたいて、それを魚にまた大笑いで食べているのだから、本当に始末におえない。――「定稿と下書稿はどうしてこんなに違うんだい」などと、立派な文学論を打つのだが、どちらも本気ではないのだ。二人の言い分はきまっている。「俺たちは賢治病患者じゃないからな（なんだっていいんだ）」というのである。

その昔、賢治はこの岩山の上に立って、こうまくし立てる。

じつにわたくしはこの高地の
頑強に浸蝕に抵抗したその形跡から
古い地質図の古生界に疑をもってゐた
そしてこの前江刺の方から登ったときは

雲が深くて草穂は高く
牧路は風の通った痕と
あるかないかにもつれてゐて
あの傾斜儀の青い磁針は
幾度もぐらぐら方位を変へた

この条りは、賢治の気持と行動とを具体的によく示していて、明解な文章である。どうやら当時、彼の利用していた地質学のテキストでは、この種山ヶ原の残丘が古生界となっていたのに疑問を抱いていたらしい。それをなんとかこの際、はっきりさせたいと思っていたのだろう。それにまた、「この前江刺の方から登ったときは」と、初めて彼がたどったルートの一つを明らかにしている。これは珍しい。なぜならこれほどまで沢山ある種山ヶ原の詩の中で、どの方面から登って来たのか、一切沈黙しているからだ。ただこの前来たときには、どうやら雲が出ていた上、草も丈が高く、歩くのに難儀したものらしい。地質調査には向いていなかったようだ。ただそのような体験が、かえって「風の又三郎」などの、美しい情景描写を生んでいったのであろう。しかし今日の天気は上々だし、賢治も意気軒昂、残丘調査に燃えていたようだ。

今日こそはこのよく拭はれた朝ぞらの下
その玢岩の大きな突起の上に立ち

なだらかな準平原や河谷に澱む暗い霧
北はけはしいあの死火山の浅葱まで
天に接する陸の波
イーハトヴ県を展望する
いま姥石の放牧地が
緑青いろの雲の影から生れ出る
そこにお、幾百の褐や白
馬があつまりうごいてゐる
かげらふにきらきらゆれてうごいてゐる

天気は好晴で、白い雲が牧草地の上に影を落すと、そこは黒くならずに緑青色に変わる。陽炎に幾百頭もの馬がゆらめいている。賢治は残丘に登って、なだらかに波うつ準平原や、眼下に深くえぐられた河谷の下に澱む、暗い霧の影を見、さらに北へずっと続く山並を追うと、ここからでは目に見えない岩手山までが、想像の世界に浮んでくる。次に目を北から南へ転ずると、姥石の放牧地の方から雲が湧きでて、放牧されている馬が食塩でも与えられるために集められているらしいと、賢治は遠望しながら独白している。

この高原が

十数枚のトランプの青いカードだからだ
……蜂がぶんぶん飛びめぐる……
海の縞のやうに幾層ながれる山稜と
しづかにしづかにふくらみ沈む天末線
あ、何もかももうみんな透明だ

と、感嘆の声を上げ、ついには、

雲が風と水と虚空と光と核の塵とでなりたつときに
風も水も地殻もまたわたくしもそれとひとしく組成され
じつにわたくしは水や風やそれらの核の一部分で
それをわたくしが感ずることは水や光や風ぜんたいがわたくしなのだ
……蜂はどいつもみんな小さなオルガンだ……

いまこの中生代の残丘の上に立つ自分も、水や風の核の一部分、三千大世界の小さな一組成にすぎないのだと観念する。これは「種山ヶ原　パート㈢」だったのに、改訂に改訂を加えるうち、次第に理屈ぽくなってしまったのは、『春の修羅』の「小岩井農場」を詠んだころより、気持の上でずっと大人になって、複雑になってしまったからであろう。

ところがこのパート㈢の下書稿とは別に、さらにこれに別の下書稿が存在するのだから、ますますややこしくなってくる。内容はどちらもだいたい同じであるが、ただ賢治が種山ヶ原の残丘の上から辺りを展望していたとき、彼の空想していた情景がいま少し具体的に記録されている。削ったり加えたりの例による草稿であるが、こう文脈がたどれるらしい。

［この山上の平の上に］
［もひとつ丘のあるところは］
［あの岩手山東南の］
［『沼森と泥森《ママ》平』にそっくり］
それは幾重の［丘］の向ふ
［北］上河谷いっぱいに澱んだ
鼠いろした朝の霧と
その上縁のはるかな北で
藍いろをした奇怪なものは
雪融の岩手火山であらう
あすこのちゃうどふもとにあたる
沼森と沼森平が
そっくりこゝの地形だった

そしてあゝいつでもかういふ青ぞらの下の
地塊の上にひとりで立てば
わたくしはふしぎにもやるせない
国土に対する哀恋を感ずる

＊［　］は賢治が抹消したもの。

賢治は物見山の山頂に立って、遥か岩手山やその山麓のことを思い出した。しかしなぜか、彼は一人青空の下に立って周囲を見渡しているうち、なんだか訳の分らない、国土に対する哀恋を感じたと言っている。この彼の内奥にうずく微妙な感情というのは、土地というものが決して不変ではなく、長い年月の間に風化、浸触を受け、やがて消滅していく、そんな悠久の時の流れに、ふと襲われた憂鬱さだったろう。旅をしていると、ときにこのような説明し難い感情に襲われることは珍しいことでなく、そのとき記録でもしておかない限り、やがてかき消えてしまうものだ。賢治は、家に帰ってから詩稿の整理をしていると、こうした感情はいつか薄れてしまい、結局、破棄するか、抹消するしかなかったのだろう。

一群の種山ヶ原を詠んだ詩には、パート㈠からパート㈣まであって、このパート㈣は［おれはいままで］という詩が、いま定稿ということになっている。しかし、この詩は読んでもさほど印象的でなく、またその一節を引用するまでもないのだが、ただこの中に次の一句がある。

けさ上の原を横切るときは
種山モナドノックは霧

いままで幾度か種山ヶ原の詩の中に姿を現わした、準平原とか、Wind Gapとか、残丘（モナドノック）といった用語には、あえて無視して言及しなかった。これらのものはまったく純粋な地形・地質用語であり、賢治の何回目かの旅は、種山ヶ原の牧場の牧草や、土壌、家畜について調べに来たのでなく、実は種山ヶ原にある一番高い岩峰の地質調査に来たのであった。これを調べたからといって、いまの賢治には一銭の得にもならなかったし、自分の学問的な趣味を満足させる以外、まったく時間と労力の浪費であった。しかし、これまでだらだらとふれてきた種山ヶ原の旅の結末で、もしこの賢治の本当の目的についてふれないとしたら、まったくお遊びの文学散歩にしかすぎず、彼の核心に迫ったとは言えないにちがいない。

北上山地からのメッセージ

賢治の生活していた花巻から北上川をへだてたすぐ対岸に、海抜七、八〇〇メートルの山並がえんえんと南北に続いている。そして、そのすぐ背後は一〇〇〇メートルほどの単調な高まりになっている。もううるさいほどふれた、賢治が機会あるごとに詩に詠んだ風景である。北上川の畔に生まれ育った人たちは、否応なくこの風景が脳裏に焼きついて、離れないのだ。

北上山地は、見た目にも荒々しさを欠いたなだらかな山並の連続であり、わずかに早池峰山あたりが群を抜いて突出している。山脈というより高原状で、高さのよく揃った山群といった方が適切ではないかと思う。だから北上山地は、大海に浮かんだ巨大空母に譬えることもできるであろう。そして、早池峰山はまるでその司令塔のようでもある。

この山頂部の平坦で、なだらかな高原を地質学者たちは（隆起した）準平原、そして、突出した高まりをモナドノック（残丘）と説明してきた。この二つの地質用語は、すでに詩「種山ヶ原」にも出てくるので、おなじみのものである。

種山ヶ原の残丘《モナドノック》

　その玢岩の大きな突起の上に立ち
　なだらかな準平原や河谷に澱む暗い霧

とあるような準平原の〈準〉とは、「たいら」とか「ひとしくする」といった意味で、「ほとんど平原」のことである。〈準平原〉を賢治が使用した一番古い用例は、私の知る限りでは「原体剣舞連」の中に出てくるもので、ここでは〈淮〉とあり、賢治が誤植訂正した正誤表からも落ちてしまった、明らかな誤植である。

ここで地形学の講釈をするほど愚かでないが、「種山ヶ原」の詩を理解するには、やはり最低の知識は欠かすことができない。

この地球上すべての陸地の表面では、絶えず風化・侵蝕作用が働いている。一概にそうは言っても、場所によって実は大変な違いがある。寒冷地方では、結氷作用が、まるで砕石工場から吐き出されるように、堅い岩石を機械的に割り砕いてしまう。熱帯地方では、豊富な水分が岩石を腐らせ、溶解し、いずれは粘土に変えてしまう。

これに比べると、われわれの住む温帯地方では、降水が侵蝕の立役者で、地表は水流という鑿《のみ》で細かい襞《ひだ》に侵蝕変形されてしまうのだ。ともあれ長期にわたって進行する、風化・侵蝕作用の結果、険しい高山であっても、いつかは削られ、低められ、平滑な地形に変化してしまうのである。

凹凸の少ない終局的な平原状の地形が、準平原と呼ばれてきた。河川による侵蝕は、海水面を基準として行なわれるはずだから、平滑な地形は、結局のところ海面近くに（位置して）生ずると考えられる。最後に生じたなだらかな地形は、人間の一生で譬えるなら、さしずめ〈老年期〉の山容といえよう。それなら壮年期や幼年期の場合はどうだろうか。

実際に、日本の山地の大部分――日本アルプスや紀伊、四国、南九州の山容は、するどい稜線と渓谷で特徴づけられ、いかにもエネルギーに満ちた感じがする。まさに〈壮年期〉という形容がぴったりする。

そうは言ったところで、幼年期→壮年期→老年期→準平原となる地形が、時とともに発達していく過程を垣間見られる訳ではない。なにしろこの侵蝕の過程には、多分、数百万年から数千万年ぐらいかかっているはずである。ただこのような地形変化―輪廻学説は、きわめて判り易いということもあって、かつて一世を風靡することになった。

アメリカの地質学者W・M・デーヴィスが提唱したこの「地形（侵蝕）輪廻（The Geographical Cycle. Geographical Journal, Vol.14, 481-504P.）」の考えは、一八九九（明治三十二）年に、初めて発表されたものだった。当時、ダーウィンの進化論の影響もあったし、この学説は広く世界の地形学者や地質学者に受け入れられたものだった。ただ近年になって、デーヴィスの主張するこの地形輪廻説は、多くの専門家からは破棄されている。大陸ならいざ知らず、日本のような狭い土地で、しかも地殻変動が世界的にも一番激しい所で、地形輪廻が完結するというのは、いささか無理だ、というのである。

話を元に戻すと、北上山地は高い所が平らである。これは多分、デーヴィスの説に従えば老年期―準平原の地形であり、かつては海面近くに形成された準平原であるが、いまでは約一千メートルも隆起している。つまり、これは隆起準平原と考えられる。土地が隆起すると、侵蝕はふたたび準平原を基準（原地形）として復活するのである。つまり振り出しに戻って、新しい輪廻がまた始まるのだと考えるのである。準平原という用語は、実はこの地形輪廻の合言葉でもあった。賢治が、日本に輸入紹介された地形の輪廻学説をいち早くキャッチし、詩「種山ヶ原」の中で、準平原、残丘（Wind Gap）といった新来の地質用語を巧みに取り入れたことは、すでにくどいくらいふれた。

賢治は「若き耕地課技手の Iris に対するレシタティヴ」の詩の中で、種山ヶ原の準平原の形成を白亜紀以来のものとしている様子がうかがえるし、物見山の残丘を中生代（白亜紀）のものと確認しに行くのが、旅の目的だったように下書稿の中で語っている。彼の見当は的外れではなかった。

賢治が、北上山地が準平原であることを知っていたとすると、いつ、どこでこの新しい学説を知ったかということになり、俄然、興味を惹かれるのである。しかし、この謎解きは、考えるほどむずかしいことではない。賢治の準平原の初出で一番古いのが、詩「原体《はらたい》剣舞連」の一九二二（大正十一）年八月、次いで詩「種山ヶ原」の一九二五（大正十四）年七月である。北上山地は、準平原であることが、わが国でいち早く地質学の先達によって指摘された地方だった。賢治は新しい学問の最もよい舞台にいたことになる。

明治末期から大正初期にかけては、日本の地形学――いまの地球科学《アース・サイエンス》の一分野――の黎明期にあたるが、この時代に北上地方の地質調査で活躍したのは、江原真伍や山根新次といった人たちだった。日本の地質学のパイオニアたちである。とくに江原新伍は、一九一一（明治四十四）年、デーヴィスが新説を提唱してからわずか十二年目に、早くも北上山地の北部が準平原であるということを、『地質学雑誌』（第十八巻、三一六号）で紹介している。大変な慧眼だったと思える。しかし、この頃のとくに重要な論文は、当時、農商務技師であった山根新次の二十万分の一の「盛岡図布並地質説明書」（大正四年）と翌大正五年（一九一六）の『地学雑誌』（第二十九巻、三三七号）の記事であったろう。

これを要約すると、山根の論文の要点はざっとこうなる。北上山地は、

①過去のある地質時代に削られ（侵蝕を受け）、低められて一つの準平原の地形となった。

②現在の北上山地は、それが再度隆起した隆起準平原の状態にある。

③その証拠は、波状の老年期の地形が、いまも分水界に高原状をなして残っている（とくに中・北部）。

④これらほとんど平らな高原上には、ところどころ孤立峰が見られるが、大抵は堅牢な岩石からできており、侵蝕に抵抗して残った残丘と考えられる。

⑤水系の争奪現象がみられる。

ざっと以上のような理由を列挙し、証拠として、北上山地が準平原であるとした。

賢治は、『地学雑誌』（東京地学協会）や『地質学雑誌』（日本地質学会）の機関誌上に次々と発表され

る論文を通して、このような新しい地文学（当時、こういう言葉が使われていた）の知識を積極的に得ていたことは、疑い得ないであろう。『地学雑誌』には、早坂一郎と共著で、花巻付近で産出した新発見のバタクルミの化石を紹介したりしていたから、彼も一地質学者と思って種山ヶ原にも登っていたにちがいない。

賢治は、新しいアメリカの輪廻学説を紹介した山根新次の論文を、好奇心を抱いて熱心に読んだのではないかと想像される。山根は残丘《モナドノックス》をmonadonocksと〝s〟を付けて紹介したが、賢治も詩の中では残丘にモナドノックスとルビを振っている。

ただ、元は「種山ヶ原　パート㈢」であった［行きすぎる雲の影から］の原稿用紙の余白には**monado-noc**《ママ》と鉛筆書きのメモがあるが、こちらは表記がはっきりしなかったのか語尾のｋもｓもない。また詩の中には原語で**Wind Gap**というのが出てくるが、これも山根新次の論文「岩手県におけるウインドギャップの一例」（大正二年、『地質雑誌』第二十五巻、二九四号）があり、賢治は当時の最新の研究を知って、これを少なくとも精読していたのではなかったろうか。なにしろ北上山地は彼のフィールドであったのだから。

賢治が詩の中で使用した「モナドノックス」も「ウインド・ギャップ」も、当時の一部の地質学者を除くと、まだほとんどだれも聞いたこともなければ、どんなものなのか、明瞭に答えられなかったにちがいない。これは現在でもそう変わっていないであろう。モナドノックもウインド・ギャップも、すべては準平原《ペネ・プレイン》と結びついて形成されるものであって、単独の現象ではない。

ある川があったとする。その川の上流部が隣りにある別の川によって奪われると、元の川筋は水を失って干上ってしまう。上流部を失った中・下流には、当然ながら水が流れて来ないからだ。争奪を受けた首切り川は、旧流路が変化せず、化石のように昔の姿をとどめている。まさに谷筋の化石であり、低く下がって鞍部を占めているから風通しがよく、これを Wind Gap などという。すでに引用した「若き耕地課技手 Iris に対するレシタティヴ」の中に、「この美しい Wind Gap ／緑の高地を帰りながら」というあたり、最も先端の学問を知り、その調査に出かけたという彼のプライドがほのかにのぞいている所であろう。ギャップとは、いまでは日常語にもなった通り、「切れ目」とか「開けている」の意味もあって、山国ではこのウインド・ギャップ——低い、旧河床筋が、近道などによく利用されているすなわち、隘路である。

いま引用した「若き耕地課技手……」の詩の一節をもう一度上げると、

測量班の人たちから
ふた丶びひとりぼくははなれて
このうつくしい Wind Gap
……
古期北上と紀元を競ひ
白堊紀からの日を貯へる

とあって、この中で白亜紀であるという知見は、賢治が独自に発見したものでなく、多分、矢部長克・江原真伍の共同研究（『地学雑誌』第二十五巻、二九三号）の記事を読んだか、または別の論文（『東北大学理科報告』第二巻）を見て知ったと考えて、まず間違いないであろう。しかし、賢治は準平原という用語は使っているが、この原語のペネプレインという言葉は使っていない。すると賢治は、準平原という用語が使用された以後、この用語を知ったらしいことが推測されてくる。というのは江原真伍や山根新次の論文（この文献資料は文末を参照）には、まだ〈準平原〉というものの日本語訳が現われてないからである。

新しい地質学用語 **Peneplain, Penelane** は日本に輸入されてから間もなく、造語としてこれに「準平原」が当てられた。賢治がこれを造ったはずはないから、一体彼はどこからこの新用語の知識を仕入れたかということになろう。そこで当時の文献を当ってみると、賢治は、辻村太郎著『地形学』（古今書院、大正十一年）を参照した可能性が大変強くなってくる。これだと賢治が一番早く使用した「原体剣舞連」（一九二二年［大正十一］）と、初出年代が一致するからである。ただこの詩の中で賢治は「准平原」と書いていて、「準平原」ではない。そして初めはルビを〈じゅう〉とし、あとで〈じゅん〉に訂正した。ただし「准平原」の使用はこれ一回で、のちは「準平原」になっている。

いやこれは違う、賢治が独自に「准平原」としたのだと言われる方もおられよう。しかし、賢治は読んだ記憶があいまいだったのではなかろうか。辻村太郎の『地形学』は、新着の外国の文献や学説を紹介し、それを日本の地形に照らして解釈した、当時、最も斬新なテキストであった。賢治もこの本を読み、視野を大いに広ろげ、刺激を受けたことも間違いなかったろう。賢治のよい意味での舶来好み、進取の気性は、学問的な知識を得ることで大いに満足したはずである。

私は辻村博士の晩年なら知遇をえている。きわめて博覧強記の著名な地形学者であった。このテキストの『地形学』の中で、準平原は勿論のこと地形の原形（Urform）が十分説明されている。『春と修羅　第二集』の「国立公園候補地に関する意見」には、「ぜんたい鞍掛山はです／Ur-Iwate と申すべく」と使っている。ともかく『地形学』の「北上山地」の項をみると、準平原、残丘を山根新次の研究として紹介しているが、ただ準平原の命名者は山根とは別人だったようである。またこのテキストを読むと、賢治がきわめて関心を持ち、詩や童話に舞台として登場させた、チベットの聖なる湖マナサロワール（阿耨達池、無熱悩池）についても詳しく紹介されていて、私も以前、この湖水と法華経との関わりについて、博士から親切にご教示いただいたことがある。法華経との関係では、引用には十分注意されるとよいという懇切なご教示だった。学術研究と文学作品とは厳密に区別が必要である。賢治の作品はフィクションも多かったが、基礎資料が一応はしっかりしていたので、時代に耐えたのであろう。

侵蝕輪廻学説の主唱者W・M・デーヴィスは、明治四十一（一九〇八）年に *Practical Exercises in Physical Geography*, Boston 1908 を出版している。この本の邦訳本もあるが、多分、これは出版年代がずっと後のことで、賢治とこの邦訳本との関わりは少ないと思う。

横道に入った話を、いま一度、北上山地に戻すことにしよう。

北上山地では、海面近くに形成された一種の準平原がふたたび隆起して、いまは海抜一〇〇〇メートル内外の高さを誇っている。いま一度くり返すと、デーヴィスの輪廻仮説でいうところの原形↓幼年期↓壮年期↓準平原の一サイクル（輪廻）が一巡して終り、また振り出しに戻って、準平原の隆起とともに再度、新しい輪廻がスタートしているという訳である。平らな北上高原がそもそも準平原なのか、仮りに準平原の一種だとして、どの位の年数があればそのような地形が生ずるのか、さっぱり具体的に分っていない。人間の考えからすれば、ほとんど無窮に近い時の流れの中で生じた地形であることに、間違いないことである。このような学説に、詩人自身が一刻ロマンティックな空想にふけることができたのであろう。新しい地質学との運命的な出会いといえよう。そして彼にとっては、これがやがて科学から宗教的な輪廻転生の考えに結びついていくのだった。種山ヶ原の続きとして、よく知られた五輪峠がある。賢治にとっては、種山ヶ原も五輪峠も、みな一つの世界観だったろう。

地質学を学んだ賢治は、最新の地質学のニュースを聞き知って、調査を兼ねて種山ヶ原まで訪れたのではあったが、結局、専門家《プロフエショナル》にはならなかった。もし彼が科学者の道を歩んでいたのなら、宗教的な世界観でもってはものは見られなかったろうし、狭い専門領域にどっぷり漬って、その上、専門不感症に陥っていたにちがいない。たとえ専門の論文や調査報告の類を山のように書いたとしても、彼の存在などとっくの昔に忘れ去られていたにちがいない。なにか矛盾する考えのようだが、野外に出て、「地質現象」を知り、それを通して人間界の無常観にとらわれたりする心の余裕などは、思いもよらなかったであろう。

地質学が扱う自然界では、山野が無窮の時をかけて、一朝にして海になったり、あるいは青海原が変じて桑畑に変わったりするといったカタストロフィは、あたり前の日常茶飯事である。ただ人間の尺度と時間のスケールが、桁ちがいに異るだけの話なのだ。このような世が移り変ることの早いことを、昔からよく「滄桑《そうろう》の変」などといってきた。

賢治は、幸いというべきか、地質学という学問の窓を通して、そこから世の無常を一層深く感じとったようである。彼は一群の種山ヶ原の詩の中で、実に様々なことを体験し、これを記録し、脚色して、自分の本来の考えをはぐらかしているけれども、本心はずっと違った世の無常観を人一倍感じていたのではなかったろうか。もしそのことを追体験したかったなら、一度はぜひ種山ヶ原を訪れ、物見山の残丘に登ってその原風景を眺め、彼が抱いたであろう深い思念を、思いめぐらしてみるがよい。そこには準平原説を信じる信じないは別として、雄大な光景が、いまも昔と変ることなく、息づいているのだから。

一九九一年十二月、ソ連が崩壊して、それまで外国人の立ち入りを一切禁じていた天山高原（現キルギス共和国）に、やっと入れるようになった。ここはアメリカの地形学者、デーヴィスやハンティントンが十九世紀末期に調査に入り、準平原の学説が提唱された記念すべき、揺籃の地でもあった。別に私は現地調書をした訳ではなかったが、北上山地を知るものにとって、この土地が踏めたということはなんと幸福なことだったろう。**

(注)

*明治末年より大正初期にかけて、賢治が参照した可能性のある、北上山地の地形についての文献リスト。
江原真伍「北上山系の地貌について」『地学雑誌』十八巻、二一六号、一九一一年
雑報「陸中国宮古付近の白亜層」『地学雑誌』二十五巻、三九三号、一九一三年
山根新次「岩手県に於けるウインドギャップの一例」『地学雑誌』三十五巻、二九四号、一九一三年
山根新次「二十万分の一　盛岡図幅並地質説明書」『地質調査所報告』一九一五年
山根新次「北上山地の地貌と残丘」『地学雑誌』二十九巻、三三七号、一九一六年

**Huntigton, Ellsworth: *The Mountains of Turkestan*, Geog, Jousr, Jan, Feb, 1905. 拙著『天山北路の旅』連合出版、一九九六年

あとがき

ここでは「あとがき」など不要と思っていたが、本書で扱った賢治作品の舞台探訪は一九八〇年代までのもので、中には舞台になった自然環境がすっかり変貌してしまったものがある。そこで本書を持って現地を歩かれても印象がまるっきり違うこともあろうかと思う。そこで違いのいささかひどいものは除くことにした。ダムが出来て水没してしまった所もあるからである。

引用した賢治の作品は、〈校本全集〉と〈新校本全集〉（いずれも筑摩書房）を利用したが、全集が次々と改訂出版されるので細かな移動まで完全に比較することができなかった。これで私も賢治の旅とは一応お別れであるので、どう変わろうとかまわないのであるが、それでもこれから研究する人にとっては、いつまでも原文との追いかけっこではたまらないであろう。

私は、余計なことながら、そろそろ賢治の生原稿を写真版にして出版されることを望みたい。そうすれば利用者は各自で判断し、検討できるからである。とくに賢治の場合、欄外にちょっと記したメモ書きが重要なヒントにもなるからだ。そのよい例に、明治時代、チベットに潜入し、賢治も作品を書く上で参照したと思われる河口慧海の新しく出現した生資料が、最近、写真版で出版された。また慧海と同時代にチベットで消息を断った、東本願寺系の能海寛の場合も、永年遺されてきた生原稿が全て写真版で復刻された。こういった原資料はどんなに注意を払ったとしても、活字に起すことは大変むずかしく、インクは年々消えていく惧れがある。そろそろ賢治も、こういった時機に差しかかったのではないかと思う。あるいはここから、従来の活字編集本では窺い知れぬ新発見もあるかもしれないから。

なんと本文が組み上がってから、地図が十分に入っていなかったことに気付く始末だった。もし出来るなら、以前出した拙著の『みちのくのメルヘン』をご参照いただけたら幸いである。これには空中写真や地図も入っているので、なにかとお役に立ってくれるかもしれないと思う。

著者

二〇〇九年九月

金子 民雄（かねこ・たみお）

1936年，東京生まれ。
中央アジア史・哲学博士。
著　書『ヤングハズバンド伝』（白水社），『西域探検の世紀』（岩波新書），『ヘディン伝』（中公文庫），『山と森の旅――宮沢賢治・童話の舞台』『山と雲の旅――宮沢賢治・童話と詩の舞台』（れんが書房新社），『みちのくのメルヘン――宮沢賢治イーハトブの世界』（そしえて），『賢治の周辺』（日本古書通信社），『宮沢賢治と西域幻想』（中公文庫），『スコータイ美術の旅』（胡桃書房），『能海寛著作集』（監修，全15巻，USS出版），他。
訳　書『チベット遠征』（スヴェン・ヘディン著，中公文庫），『カシュガール滞在記』（マカートニ夫人著，連合出版），『ルバイヤート』（オマル・ハイヤーム著，胡桃書房），他。

宮沢賢治の歩いた道

2009年11月30日　初版発行

＊

著　者＊金子民雄（挿絵とも）
装丁者＊狭山トオル
発行者＊鈴木　誠
発行所＊㈱れんが書房新社
〒160-0008　東京都新宿区三栄町10　日鉄四谷コーポ106
電話03-3358-7531　FAX03-3358-7532　振替00170-4-130349
印刷所＊ミツワ＋東光印刷所
製本所＊誠製本

 ISBN978-4-8462-0354-2　C0095

タジキスタン狂詩曲　白井愛作品集　四六判上製　二二〇〇円

狼の死　白井愛作品集　四六判上製　二〇〇〇円

鶴　白井愛作品集　四六判上製　一八〇〇円

人体実験　ガンとの闘い、生の闘い　白井　愛　四六判上製　一八〇〇円

私の祖父の息子　殿谷みな子　四六判上製　一五〇〇円

村長ありき　沢内村　深沢晟雄の生涯　及川和男　四六判上製　一六〇〇円

エデンの東　フンボルトの西　アメリカ・フロンティアの旅　木下高徳　A5判上製　三四〇〇円

演劇都市ベルリン　舞台表現の新しい姿　新野守広　A5判上製　二〇〇〇円

＊表示価格は本書刊行時点の本体価格です。

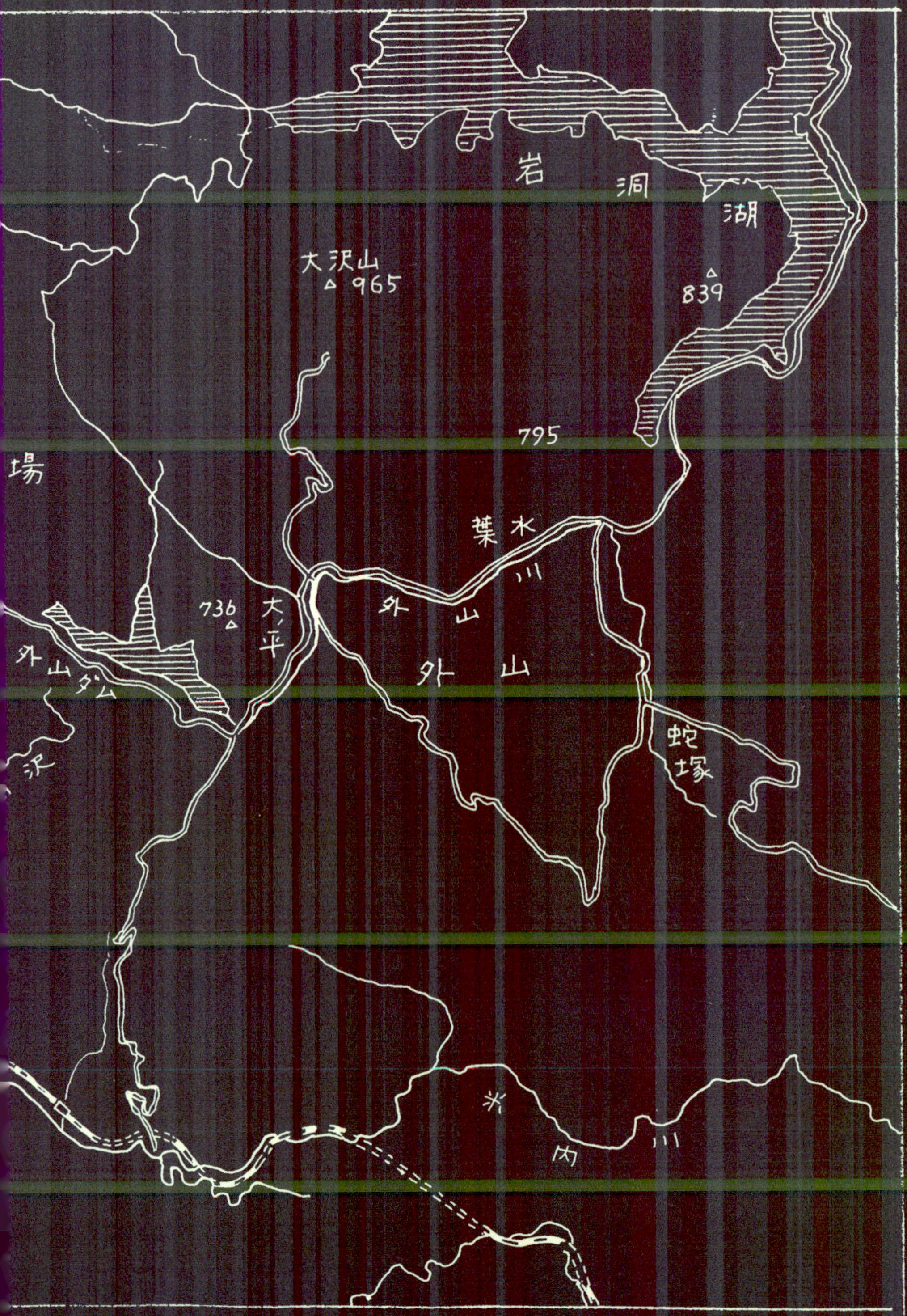

岩洞湖
大沢山
965
839
795
場
葉水
川
外山
736
大平
外山
外山ダム
沢
蛇塚
米内川